La bouteille
vide

COLLECTION CONQUÊTES
directeur : Robert Soulières
Format poche

Daniel Laverdure

La bouteille vide

roman

ÉDITIONS PIERRE TISSEYRE
8925, boulevard Saint-Laurent — Montréal, H2N 1M5

Dépôt légal: 2ᵉ trimestre 1992
Bibliothèque nationale du Canada
Bibliothèque nationale du Québec

Données de catalogage avant publication (Canada)

Laverdure, Daniel

La bouteille vide

(Collection Conquêtes)
pour les jeunes.

ISBN 2-89051-476-5

I. Titre. II. Collection.

PS8573.A816B68 1992   jC843'.54   C92-096200-9
PS9573.A816B68 1992
PZ23.L38Bo 1992

Maquette de la couverture :
Le Groupe Flexidée

Illustration de la couverture et illustrations intérieures :
Daniel Laverdure

Correction :
Marie-Hélène Gauthier

1234567890IML98765432
10662
Copyright © Ottawa, Canada, 1992
Éditions Pierre Tisseyre
ISBN-2-89051-476-5

AVERTISSEMENTS

Attention, ce bouquin est dangereux.

Ne sais-tu pas, jeune inconscient ou inconsciente, que les mots et les histoires peuvent changer les gens? Sache que ce roman est particulièrement susceptible de chambouler l'équilibre d'un esprit normalement constitué.

La prudence est de rigueur. Tu devras prendre des risques, faire des efforts, te surpasser. Il est encore temps de renoncer, parce que après, plus rien ne sera pareil... même toi. Et il sera trop tard.

Si, malgré tout, tu décides de le lire, il ne me reste qu'à te dire: bonne lecture et adieu!

Ne lis pas ce livre si tu es:
aveugle,
au cinéma,
sous la douche,
directeur d'école,
à regarder un film muet,
au volant d'une automobile,
sur un taureau dans un rodéo,
en train de marcher sur une plage bondée,
dans la lune,
mort.

Du même auteur

Chez le même éditeur

Princesse Héloïse cherche Prince charmant,
  conte, Collection Coccinelle, 1990.

J'aimerais dédier cette œuvre littéraire
à tous ceux et celles
qui ne l'ont pas encore lue.

1

QUELLE HISTOIRE!

Arrivé au bord d'un large précipice, j'ai juste le temps d'apercevoir un mince pont de pelures de bananes tressées d'au moins 1,6 kilomètre de long. Une tribu de cannibales, de vrais mordus, s'approche dangereusement. Quelle idée de bouffer du touriste! Serait-ce qu'ils ne peuvent plus nous laisser partir ou alors qu'ils ne veulent pas nous voir revenir? Je leur suggérerais bien de devenir végétariens.

Malgré tout, leur menu est assez varié. la spécialité de la hutte est le croque-monsieur. La salade aux yeux est à revoir, la soupe aux lentilles, très croustillante, accompagne le soufflé de poumon, qui ne manque pas d'air. Leur dessert préféré, fait de cervelet en gelée enrobé de langues maternelles, est servi sur un tapis d'ongles incarnés. Évidemment, ils adorent apprêter les restes... humains.

Leurs fléchettes silent autour de moi, m'indiquant la direction à prendre. Je n'ai plus le choix, je me jette entre les bras squelettiques et tendus du pont au-dessus du néant. Le pont oscille comme l'épée de Damoclès, des débris s'effritent à chaque pas pour se retrouver au fond de cette crevasse béante où coule un ridicule petit ruisselet à peine humidifié.

Les indigènes affamés continuent leur poursuite. Ils sont juste derrière moi. Un seul a de la difficulté à les suivre, le plus jeune, le plus petit, et c'est aussi celui qui traîne la marmite. La structure du pont ne supporte pas le poids de cette menace. Les câbles principaux abandonnent leurs attaches et tout l'ensemble s'écroule doucement. On dirait l'aile d'un oiseau géant s'abattant sur le flanc du ravin. De justesse, je réussis à m'accrocher.

Les pauvres anthropophages sont précipités précisément dans le précipice précité précédemment. Il me reste une seule chance, je...

— Robert!... Robert!... Sors de la lune!

— Hein! Quoi? Ehh!... 3,1416, Madame.

— Non, Robert, c'est le cours de géographie et nous sommes en révision avant l'examen de demain. Tu as encore perdu la carte. Et je suis un monsieur!

Oh! le dur retour à la réalité. L'atterrissage n'a pas été facile. Je suis assis complètement à l'arrière de la classe, alors comment fait-il pour déceler mon état lunatique? Encore une fois, tous les visages se retournent vers moi, sourires en coin. Certains ont mis mon livre à l'envers, piqué la mine de mon porte-mine et attaché ensemble les lacets de mes Nike. J'ai même une gomme toute mâchouillée collée dans les cheveux.

Il y a des moments, comme ça, où je sens que je regrette quelque chose. Mais quoi? Comme j'aimerais être à la fois très, très petit et très, très loin.

— Excusez-moi, Monsieur!

— Oui, François?

— Regardez, Robert, il n'est plus là, Monsieur.

— Comment je vais faire pour le regarder s'il n'est plus là?

Qu'est-ce qui leur prend? Arrêtez de regarder ma chaise, vous voyez bien que je suis dessus! Mais... il a raison, je ne vois plus mes mains. Je ne me vois plus du tout. Je suis invisible.

J'ai peut-être respiré des produits chimiques «invisibilisants» pendant le cours de physique. Il devrait y avoir un moyen de réexister. J'ai pas envie de vivre enrubanné comme un pharaon égyptien ou peinturé comme une chanteuse italienne afin d'être vu.

Mais en attendant, je pourrais essayer d'en profiter. J'ai maintenant l'occasion de faire des choses autrefois irréalisables, sans que personne comprenne ce qui se passe. Je peux facilement attacher les cheveux avec des lacets et mettre de la gomme dans les porte-mines. Je vais aller à La Ronde sans payer. Même chose pour les spectacles rock au Spectrum, au Forum et à l'auditorium.

Je voyagerai à travers le monde, je visiterai sans délai tout ce qui a une longue file d'attente. Je vais pouvoir manger autant de pâtisseries que de confiseries et autres gâteries; je me demande si on va voir ce que je vais dégobiller après. Je vais faire des coups terribles aux vedettes de la télévision, en direct. Ahhh! je vais pouvoir aller dans le vestiaire des filles pour...

— Robert! Est-ce que tu sais que tu es debout sur ta chaise?

— Vous m'voyez, M'sieur?!

— Ça serait difficile de faire autrement.

Cette fois, on se bidonne ferme dans l'assistance. Comment pourrais-je bien faire pour freiner les élans de mon esprit vagabond?

On se moque beaucoup de moi, mais pourtant, mes rêves m'ont permis de vivre, éveillé, de nombreux moments inoubliables. Mes aventures m'ont mis dans la peau d'un ultra-héros, un habile mélange de Tintin et d'Indiana Jones, de Tarzan et de l'inspecteur Gadget avec un peu de Marc-André Coallier — je crois que c'est complet.

Oui, bien sûr, il y a Suzie. La belle Suzie. J'aimerais tant lui faire bonne impression. Si seulement elle pouvait connaître mes nombreuses capacités, là, au moins, elle... elle... elle me les dirait, parce que, moi, je ne les connais pas. Ce n'est pas que je me sous-estime, mais je préfère éviter de chercher mes qualités, au cas où il serait difficile d'en trouver. C'est comme les filles : le meilleur moyen de ne pas se faire répondre «NON», c'est de ne pas poser de questions. Parfois, je me demande d'où me vient toute cette sagesse.

Je ne suis malheureusement pas le seul à reconnaître la beauté de Suzie: Samuel, Frédéric, Stéphane, Philippe, François, Guillaume, Patrick,

Gabriel, Martin, Sylvain, André, Pierre et quelques autres tournent autour d'elle comme des mouches au-dessus d'un Big Mac. Finalement, le seul moment où Suzie prend conscience de mon existence, c'est lorsqu'elle se moque de moi avec les autres. Il me semble que ce contexte limite mes possibilités de séduction. J'aime les défis, mais pas les causes désespérées.

Demain, c'est le dernier examen avant les vacances d'été. Il faut que j'arrive à me concentrer sur ces notions plus ou moins scolaires, autant qu'un jus d'orange congelé.

• Le fleuve Saint-Laurent est mouillé à 97 %; les 3 % qui restent sèchent à la surface.

• Le fleuve Saint-Laurent sépare le Québec en deux parties; seuls les ponts réussissent à les relier.

• Le fleuve Saint-Laurent remonte du sud vers le nord, ce qui est assez difficile et demande un grand effort, plutôt que de se laisser tout bonnement couler.

• Le fleuve Saint-Laurent a des tendances suicidaires, car il gobe tous les poisons qui lui tombent dessus et, à la première occasion, il se jette dans la mer.

À bord du navire «L'amer-à-boire», le capitaine Mémo frémit de terreur. Tout l'équipage est sur le gros nerf à l'annonce de la vigie: «Bateau pirate vers l'est!» Le morbide trois-mâts traverse l'horizon dans notre direction. Moi qui nous croyais en sûreté en entrant dans le golfe du Saint-Laurent, nous nous retrouvons à la merci du dangereux pirate Delaire. À la vitesse de l'avion, il franchit la distance qui nous sépare. On entend déjà son rire tonitruant. Après quelques coups de canon seulement, les affreux se préparent à accoster pour l'abordage; ils n'ont plus de poudre à canon. Nous, par contre, on aimerait bien prendre la poudre d'escampette.

Le capitaine, qui n'aime pas les traditions, est le premier à quitter le navire, seul dans l'unique canot de sauvetage. Les matelots disparaissent, se camouflent, se dissipent, se planquent, se dispersent, s'embusquent, se disséminent, se terrent, se dissimulent, se dérobent. Je crois qu'ils ont peur.

Finalement, je me retrouve tout seul sur le pont, comme un morceau de Lego qu'on aurait oublié. Je ne pense pas être plus courageux que les autres; c'est plutôt qu'il ne reste plus de place où me cacher. En tremblant, je saisis mon canif, je sors la lame et le tire-bouchon.

Je sens que je vais paniquer, quand tout à coup, un curieux jet d'eau émerge devant nous. Apparaît alors une immense baleine bleue, plus grande que tout ce qu'on a pu imaginer jusqu'à maintenant. Le dos courbé du cétacé tranche l'océan et s'installe entre les deux vaisseaux. Chaque équipage est scruté par un des deux gros yeux. Elle semble analyser la situation.

D'un côté, de cruels tyrans sanguinaires prêts à priver de dessert tous les enfants du monde, et de l'autre, un pauvre innocent tout piteux qui a toutes les chances d'être réduit en purée pour bébé. La baleine recule, recule et recule encore, le nez de la bête vise un des deux navires, elle fonce à une vitesse éclaboussante, elle est tout près...

— Maintenant, prenez votre livre à la page 1374. Faites les exercices I à VI, VIII, XI à XIV, XXII et XXVI. Je vais vous indiquer au tableau les chapitres où vous devriez trouver les solutions.

Ce serait plus rapide d'écrire tout de suite les réponses. On dirait que les profs croient qu'on n'a que ça à faire. J'ai pas de temps à perdre, moi. La période de la jeunesse est microscopique par rapport à toute l'existence. Je vis actuellement les plus beaux moments de ma vie. Si on exclut les profs, tous les vieux sont d'accord sur ce sujet.

Singularité soudaine, mon regard s'attarde sur une petite porte au fond de la classe, située derrière moi. D'habitude, un cadenas garde l'entrée, mais aujourd'hui, rien. Ce n'est pas la première fois qu'un rien m'intéresse. Pendant que tout le monde a les yeux fixés au tableau, j'ouvre et entre en pleine intrigue. La porte est si étroite que j'ai peine à m'y introduire. L'écriteau «Accès interdit» stimule davantage ma curiosité. Tout au fond, il y a une petite lumière. Je me dirige vers elle. Plus bas, j'aperçois une sorte de... OUCH!!! et AÏE!

Quoi suis-je, qui m'arrive-t-il? Je suis complètement engourdi, je ne peux plus bouger. J'ai mal au cou et... Quelle est cette odeur d'huile? Je crois que... mais oui, je suis attaché à une voie ferrée. Mais qu'est-ce que je fais là? Je vais encore rater la récréation.

Je ne connais pas l'horaire du train, cependant, la vibration du rail sous ma nuque m'indique qu'il est à l'heure. Mes liens sont si serrés, impossible de me libérer. À quoi bon crier, c'est le désert le plus vide que j'aie jamais vu. Tiens! une fumée au loin. Tiens! une locomotive sous la fumée.

Si une agence de voyages me proposait un forfait pour «ailleurs», je paierais le gros prix pour y aller. L'engin fumant s'approche à toute allure. Il semble empressé d'accomplir sa tâche.

Cette fois, les rails insistent avec vigueur. La fin approche et le train la suit. Mon cœur vacille, fait de petits bonds et des soubresauts. C'est que je n'ai pas l'habitude de mourir. C'en est trop, je ne tiens plus, je veux voir le responsable, je veux faire une plainte, je veux pleurer.

Quelle est donc cette silhouette dans le ciel? C'est un aigle, une fusée, un météore, un colibri? Non! c'est SUPER-SUZIE, arrivant juste à temps pour sauver la pauvre victime ficelée à une mort certaine. D'un geste précis, SUPER-SUZIE scinde mes liens et me soulève rapidement. Telle une lame de guillotine qui frôle l'injustice, le métal hurlant de la locomotive rase mes cheveux suintant de torpeur.

Malencontreusement, lorsqu'elle me dépose, je trébuche sur un crayon Prismacolor #940 traînant par là et je m'étale au beau milieu de sables mouvant par là. Ce déplacement laisse échapper du pétrole qui s'enflamme sur-le-champ, sur le désert. Je brûle. Mais ça ne me fait rien, je ne ressens aucune douleur, puisque je suis paralysé par la piqûre d'un scorpion enragé et sidatique.

De l'eau coule sur mon visage, une eau glacée et violente. Elle descend le long de ma gorge. Je commence à être détrempé. Je réussis à tourner légèrement ma tête pour constater que l'orage qui me tombe dessus passe par la seule fenêtre de la classe qui n'ait pas été fermée.

— Alors, Robert, tu reviens à la surface?

— Oui, M'sieur. Est-ce que je peux aller aux toilettes pour m'essuyer?

— Oh! mais tu vas manquer quelques minutes de mon cours et ainsi risquer d'échouer à l'examen de demain.

— Vous n'avez qu'à parler du fleuve Saint-Laurent, M'sieur. Je sais tout sur le fleuve Saint-Laurent.

— Ah bon! je suis heureux de l'apprendre, puisque c'était le cours de la semaine dernière. C'est donc que tu l'as écouté. En attendant, va t'éponger avant de te noyer dans tes palabres.

— Oui, M'sieur.

Malgré ses sarcasmes, je le trouve plutôt correct, mon prof de géo. Je le soupçonne d'être très compréhensif, ou alors il est résigné et renonce à espérer m'enseigner quoi que ce soit.

Je trouve ça fascinant de me promener dans l'école quand il n'y a personne dans les corridors. J'ai l'impression d'être drôlement important. Tout le monde me regarde par les portes entrebâillées. Je suis le matador qui s'amène au centre de l'arène. C'est la corrida du corridor. Les femmes soupirent en pâmoison, les hommes sont jaloux, comme de raison, les enfants me lancent des roses et des bonbons. Ils m'acclament. La foule est debout... On a oublié d'installer les chaises.

J'entends une forte respiration et des pas bestiaux derrière moi. Mine de rien, je me retourne pour affronter la bête du regard. C'est le directeur.

— Bonjour, M'sieur.

— Encore toi? Où t'es-tu fourré la tête, cette fois? Tu me dégoûtes.

— Oui, M'sieur.

Il est déjà reparti. Quel homme charmant. Ah! c'est vrai, le directeur n'est pas le seul à posséder le pouvoir du corridor; il y a aussi le concierge. Curieux duo.

— Salut, Robert!

— Bonjour, M'sieur Julien!

— Je dois avoir un linge ici. Tiens, essuie-toi.

— Merci.

— La prochaine fois qu'on annoncera un orage, je ferais mieux de fermer ta fenêtre.

— Ce sera pas nécessaire, ce n'est qu'un p'tit oubli.

— Oui, je sais, Robert. Allez, bonne journée!

— Merci, M'sieur Julien.

Retournons dans la caverne de la connaissance. Bon, oui, ça va, je sais, le mont Blanc est un vrai calvaire à escalader, mais faut pas en faire une montagne! Et si les Rocheuses sont des collines en comparaison des Andes, pourquoi en parler? On pourrait décapiter les pics et faire de beaux terrains de jeux. Ça sert à rien, des pics de montagnes, et c'est toujours plein de neige.

Il ne faut pas croire que je déteste la géographie, mais la révision, pour moi, c'est du déjà vu. Il m'arrive de prendre mes notes du cours de géographie et de les mélanger avec celles d'histoire. Ça devient très «instruisant».

Wouiii! c'est incroyable, Mesdames z'et Messieurs! Le Concorde construit par les frères All Wright traverse pour la première fois l'Atlantique. L'engin est piloté par Marc O. Pollo du *National Geographic*.

Toutefois, au moment d'atterrir au milieu des montagnes Rocheuses, l'appareil effraie subtilement un troupeau de pauvres éléphants polaires qui, en fuyant, piétinent tous les livres de la bibliothèque maintenant déserte d'Alexandrie. Notre brave et vaillant héros, suivi de notre cameraman, est accueilli par une horde d'Indiens apaches, les plus riches en Mustang et les plus pauvres en Pinto, dirigés par le chef Boule Assise, appelé aussi Sitting Bull en Australie.

Marc O. Pollo, qui en a vu d'autres, sort calmement, regarde le grand chef dans l'œil et déclare: «Je suis venu, j'ai vu, le reste est superflu.» Mais pour Boule Assise, ce dernier mot est de trop. C'est pourquoi la formule est raccourcie dans les livres de géographie romaine. À vous de trouver laquelle!

Voilà pour aujourd'hui. Revenez-nous à la prochaine lune pour une autre émission «Quelle histoire!»

Finalement, j'aime la géographie et l'histoire, mais ensemble. Allez faire comprendre ça aux profs. Autant dévisser un clou.

2

FRANC SOIS

— **R**obert! Ici ton prof d'histoire en direct de la terre. Voudrais-tu descendre jusqu'ici un petit moment?

— Oui, M'sieur.

— Peux-tu me dire l'intérêt historique majeur du Grand Canyon dans l'Ouest américain?

— Eh!... la belle vue, M'sieur?

— Robert, tes voyages vont t'emmener à un seul endroit, chez l'diable.

— Oui, M'sieur!

Hilarité la plus totale. Décidément, je sème la bonne humeur autour de moi. J'ai hâte de récolter quelque chose.

Les rideaux se soulèvent vivement, le vent vient d'entrer dans le local. Curieux, je n'avais jamais remarqué qu'il y avait des rideaux aux fenêtres de cette classe. Les lumières diminuent d'intensité. Dans la pénombre, quelqu'un vêtu d'une cape noire marche lentement vers moi. Le temps est arrêté, les autres élèves et le professeur sont figés dans un sombre mystère.

— Hi, Bob!

Comme un souffle glacial qui pénètre l'âme, cette voix fait vibrer mes dents qui s'entre-choquent.

— Qu'as-tu donc, Bob? N'aie pas peur de moi.

— Qui êtes-vous? Je ne vous connais pas. Comment savez-vous mon nom?

— Sache que je connais la moindre de tes pensées. Grâce à moi et à ton esprit inventif, il t'est possible d'acquérir une puissance insoupçonnée. Plaisirs et succès te sont assurés.

— Je vous remercie, mais je ne comprends pas.

— La liberté, Bob, tout ce que tu peux souhaiter et même davantage.

— Personnellement, j'ai rien contre, mais comment allez-vous faire pour me donner tout ça?

— Par une simple signature au bas de ce contrat. Moi, je me charge de faire bouger les événements.

— C'est tentant, mais je m'engage à quoi?

— Au bonheur, Bob, rien de moins.

— C'est trop beau pour être vrai. Qui êtes-vous au juste?

— Je suis le vent, je suis la pénombre, je suis le temps. Et encore, ce n'est qu'une petite démonstration. Je sais que tu as tout ce qu'il faut, Bob: imagination, volonté et désirs. Laisse-moi t'aider à développer tes talents.

— J'avoue que je suis impressionné.

Pour m'aider à réfléchir, je prends une gorgée de *Root Beer* au citron en regardant de jolies filles qui me saluent de leur catamaran. D'ailleurs, ici, tout le monde me connaît et a l'air content de me voir.

Le sable chaud coule entre mes orteils. Sous le parasol fait de feuilles de palmier, je déguste un *banana split* format familial.

En regardant planer un goéland argenté, je laisse tout tomber et je me mets à voler. Je ne me suis même pas posé de questions sur la possibilité de ce geste. Tous mes souhaits sont réalisés, le temps d'y penser.

De là-haut, je vois les horizons bleutés cerner un monde si fragile. Je vois les gens qui courent, se disputent, se découragent, recommencent et meurent. Je vois une nature qui se dessèche, des océans pollués et des villes qui pourrissent.

Je vois aussi un derrière de goéland argenté. Attention, PFFT! FFT! S'cusez-moi. PFFTT! J'ai des plumes plein la bouche. FFTT! Je ne vous avais pas vu. Je suis désolé. Je... Je.......... JE TOMBE!!!!!

○

Pour garder mon attention durant les cours, je dois faire de gros efforts, car la tâche est surhumaine. Dès que le prof se met à parler, des images se forment dans mon esprit et m'empêchent d'entendre le reste du baratin pédagogique. Ça serait si simple si je pouvais comprendre ce qu'il dit. Je devrais débrancher mon système visuel fabulateur et mettre en fonction le mécanisme d'enregistrement systématique des paroles professorales.

Il est presque impossible de trouver un métabolisme vivant jouissant d'autant de facultés. Sauf évidemment François Primeau. La «bol» des bols, celui qui connaît les réponses avant les questions, celui qui pense plus vite que son ombre.

Toujours bien de sa personne, propre et immaculé. Les cheveux bien coiffés et collés sur son crâne parfaitement rond, une tenue vestimentaire impeccable et cette petite étincelle qui brille sur ses dents lorsqu'il sourit humblement. Véritable «bol» de toilette. Il ne manquera pas de débouchés dans la vie. Son comportement serviable, sa politesse exemplaire et des résultats scolaires irréprochables ont fait de lui l'élève le plus décoré, «méritassé» et félicité de toute la commission scolaire. Bref, je le déteste.

Lorsque le prof pose une question à l'ensemble de la classe, la bol ne répond jamais.

— Comment appelle-t-on la région située au nord-ouest de l'Italie?

Le poids du silence tombe comme le tonnerre.

— Vous savez, au-dessus de Rome... Vous vous souvenez de Rome?

Tout le monde devient nerveux, on cherche la bonne réponse, on attend l'éclair de génie, jusqu'au moment où le silence s'abandonne à l'habituelle réplique:

— Bon, François, tu veux essayer de donner la réponse pour tes petits camarades?

— Bien sûr, Monsieur le Professeur. Je crois que je connais la réponse: il s'agit de la Toscane, entre les 44e et 42e parallèles. Cette région se nommait jadis Étrurie. Les Étrusques y ont vécu avant et pendant le début de la période romaine. Comme on le sait, ce peuple méconnu semblait assez ingénieux; il a, entre autres, créé la forme actuelle de l'ancre des bateaux, de même que le pont dentaire, prothèse qui prend appui sur les dents saines. Pour conserver des dents saines, nous devons...

— Eh!... merci, François, tu as bien répondu.

Gna-gna-gna-gna! le téteux de François!

Subitement, mon pupitre se met à vibrer. Les fenêtres commencent à divaguer, les brosses tombent du tableau. Je crois d'abord à un petit tremblement de terre, mais il n'en est rien. Ma surprise est à son comble à la vue d'immenses pieds faisant les cent pas devant l'école. Chaque enjambée fait sursauter le faux toupet du prof. Les arbres cachent le corps, mais au-dessus, au bout d'un cou long comme une échelle de pompier, j'aperçois la tête tout innocente d'un brontosaure. Il surveille le vol d'un ptérodactyle qui tourne sous les nuages en formant un huit.

Visiblement, le volatile carnassier a des vues sur nous. François, l'élève modèle ancien, veut vite fermer les fenêtres. Mais le prédateur reptilien, plus rapide, emporte le malheureux à travers les vitres éclatées. Pourtant, tout le monde sait qu'il faut s'éloigner des fenêtres lorsqu'il y a un ptérodactyle au-dessus de l'école.

De nouvelles vibrations se font beaucoup plus menaçantes. Les murs donnent des signes de faiblesse et font la sourde oreille à nos plaintes. La porte maintenant coincée, nous sommes prisonniers dans une cage qui s'écroule sous nos yeux et sur notre tête.

Tout à coup, le carré de pelouse, les deux petits sapins et une bonne partie du terrain de stationnement se soulèvent pour devenir une colline pointue. Le sommet explose et une lave torride dégouline en formant des ruisseaux mortels. La masse rocheuse fulmine et menace tous ceux qui restent là à la regarder.

Dans sa fuite, le brontosaure accroche et arrache une partie du mur extérieur. Nous voilà libérés, mais pas sauvés. Sans attendre, j'attrape le bras de Suzie et, d'un bond, nous grimpons sur le dos de l'animal. C'est si spectaculaire que j'aurais bien aimé nous voir faire. La lave recouvre toute la région et rejoint les élèves en fuite. Ils sont cuits. Suzie et moi allons peut-être devenir les seuls survivants de cette acopalyspe... apolacsype... apocalypse, tels des Adam et Ève de la fin du monde.

Accrochés aux rides de ce destrier anachronique, nous dévalons les plaines et les forêts tropicales pendant une heure et 47 minutes. Le paysage est fantastique, des plantes gigantesques, très colorées, plus vraies que le plastique ou la soie, occupent un décor défiant toute imagination, sauf la mienne, bien entendu.

Un gros insecte n'arrête pas de tourner autour de nos têtes. Le son produit par ses ailes en fibre de verre archaïque est insupportable. Le brontosaure, habitué à la présence de cet «insécoptère», lève subrepticement son derrière et l'ancêtre du maringouin s'assomme net sur une des deux fesses de l'animal. Et ça fesse, une fesse de brontosaure.

Au loin, j'entends des grognements, des grondements et des rugissements étranges et terrifiants, comme si le directeur était tout près. Dans ces vallées d'un autre temps, les bêtes primitives se battent et se mangent entre elles. Ensuite elles pondent des œufs et les écrasent. Les quelques petits épargnés qui réussissent à naître sont aussitôt dévorés. À la fin de la journée, elles s'assoient dans une clairière, regardent les étoiles et se demandent pourquoi elles sont menacées d'extinction.

Alors que nous nous croyons en sécurité, brusquement, notre monture s'arrête net. Debout, devant nous, je reconnais la stature de Paul Droi, l'agent de sécurité de l'école, qui s'interroge sur ce que je fais là, tout seul dans la classe.

— Robert?

— Oui, M'sieur?

— Tu devrais te dépêcher de trouver une place à la cafétéria si tu veux avoir le temps de dîner.

— Dîner? Mais y'a pas eu de récréation!

— Mais oui, y'en a eu une; tu l'as ratée. Sais-tu où tes voyages vont t'emmener, Robert?

— Oui, M'sieur.

Ouf! le mal de dos. J'ai l'impression d'avoir été assis là pendant des jours. Pourquoi je marche si lentement? Quelqu'un a mis du plomb dans mes souliers? À qui appartiennent ces mains ridées et crochues qui sortent des manches de ma chemise? Ah non! vite, un miroir. Ce n'est pas vrai, ce ne peut être moi, ce vieillard!

— Mais oui, Bob, c'est bien toi.

Dans le reflet de la glace, derrière moi, je reconnais l'homme à la cape noire.

— Je suppose que je vois là, une autre dé-monstration du vent, de la pénombre et du temps. Bien. Redonnez-moi mon apparence maintenant.

— Mon pauvre Bob, tu n'as pas compris. Tu as vraiment 93 ans. Je t'ai pris 80 années de ta vie. C'est le tarif pour le *banana split* format familial et le reste.

— 93 ans! J'ai pas 93 ans! Vous m'avez pris toute ma vie. J'ai pourtant jamais signé de contrat.

— Voyons, sois moderne. On n'utilise plus de stylo Bic depuis longtemps. Tu as signé par intention.

— Vous êtes malhonnête.

— HA! HA! HA! HA! Mais c'est justement mon métier. Tu sais bien que je suis le MAL.

— Il m'est donc impossible de vous envoyer au diable... Mais je pourrais peut-être faire l'inverse.

— Que veux-tu dire?

— Oh, rien. Finalement, je vous pardonne.

— Quoi?!

— J'espère que vous vous êtes bien amusé.

— Qu'essaies-tu de faire?

— Mais rien, je vous dis. J'ai compris, je n'ai pas de pouvoir contre vous, je m'avoue vaincu. Bravo, vous faites très bien votre travail.

— Arrête, tu m'énerves.

— Excusez-moi, Monsieur le MAL, je suis si ébloui d'une telle performance. Je vous admire. Je crois même que je vous aime.

— Assez, fous-moi le camp! Je...

Je...

JE TOMBE!!!!!!

En enfer.

3

ELLE M'A APPELÉ «BOBBY»!

Tous les midis, je m'assois de façon à voir Suzie manger doucement au loin. L'avantage de ne pas plaire aux filles, c'est d'avoir la conviction profonde qu'elles ne me voient pas.

J'arrive presque à oublier la cohue gastronomique qui m'entoure et je dévore Suzie des yeux. Quel beau spectacle. Je ne me lasse pas de regarder les miettes de pain qu'elle laisse tomber... c'est de la poussière d'étoiles. Sa joue gonflée par une trop grosse bouchée..., une montgolfière épidermique. Le couvercle du pot de yogourt collé sur la table..., le *frisbee* de l'amour. La serviette de papier froissée et tachée de moutarde..., un parchemin de poésie. Sa langue qui ramasse le surplus de ketchup sur son menton..., une caresse de délice. Sa bouche rieuse engorgée par plein d'aliments mâchés et écrabouillés... ah! mais là, c'est franchement écœurant.

Engouffré dans la jungle étouffante de la cafétéria, j'aperçois, tout à fait par hasard, une liane qui descend du plafond. Instinctivement, je m'y agrippe et me balance, habillé d'une peau de lézard Sirbain, en hurlant le cri traditionnel:

—AAAHHaahhaHahhaaaAHHAahahhahh!

Au passage, des crocodiles assis à leur table me confondent avec leurs amuse-gueule et essaient de me pincer du bout de leurs mâchoires. Je traverse un nuage de mouches tsé-tsé au-dessus du prof de morale, puis tombe sur mes genoux, aux pieds de Suzie l'Amazone vêtue uniquement d'une couronne de fleurs d'hibiscus.

Un troupeau de phacochères se précipitent vers nous. J'aurais, semble-t-il, fait tomber leurs boîtes à *lunch*. Je réussis à les maîtriser en leur lançant des hot-dogs, hamburgers, frites, pizzas, chips et du tofou pour faire nutritif. Même une immense «bibithécaire» cesse de sucer l'encre de son bouquin Arnaquin pour se laisser appâter par ce repas de goulu. Mais à peine le temps de me retourner, la chaise de Suzie est vide... comme toutes les autres, d'ailleurs. La période du dîner est consommée.

Je dois, une fois de plus, me presser pour rejoindre l'équipe du journal de l'école, même si aujourd'hui, on n'a rien à faire. Tout est écrit, imprimé, plié et agrafé.

— Ouais, Robert! T'as pas besoin de venir ici, on a fini.

— Je voulais seulement jeter un dernier coup d'œil avant les vacances.

— Ouais! t'as fait ça toute l'année, jeter un coup d'œil. T'arrives toujours à la dernière minute. Il est déjà distribué, le journal.

— L'année prochaine, ça va être différent. Je vais arriver tôt. J'ai des idées, plein d'histoires à écrire.

— Ouais, on verra.

Voyons un peu le sommaire de cette semaine:

L'HEBDROMADAIRE

page

(dessin du directeur assis dans sa piscine sans eau pour ne pas se noyer)

La nécessité primordiale d'avoir des vacances.

Rien encore cette semaine.

•Reportage sur une visite en groupe de la boulangerie du coin.

•Détails de l'interdiction de donner du pain aux animaux du zoo de Granby.

•Critique d'un vidéoclip sur la boulangerie.

•Entrevues avec des pensionnaires du zoo de Granby.

•Conférence donnée par des pompiers et pompières.

•Commentaires du boulanger à la suite de l'incendie de sa boulangerie.

Dernier épisode:

«La fois où tout va s'arranger.»

a) Comment mêler l'utile à l'agréable:

faites des balounes avec des condoms.

b) Comment mêler l'agréable à l'utile:

faites des condoms avec des balounes.

c) Comment mêler vos parents:

faites-leur lire cette chronique.

Quelque part dans l'école...

Le directeur (encore lui) a perdu ses clés dans la voiture de sa secrétaire.

L'école est à vendre; les intéressés sont priés de se faire soigner.

Finir de réviser les notes de cours.

Éviter les mises en échec.

Réchauffer le banc.

Marquer au moins 60 points.

La perruche de Josée Malo est morte.

La grenouille de Josée Malo a eu plein de têtards.

Le père de Josée Malo a encore fait une fugue.

Mots d'adieu (imprimés sur papier-mouchoir).

(dessin du directeur écrasé dans sa piscine parce que son épouse a voulu essayer le plongeoir)

Merde! j'oubliais mon examen de maths. Je compte bien le réussir. C'est important dans la vie. On sait pas quand les piles de la calculatrice vont lâcher.

— Dites-moi, Monsieur Robert, je suis John Smith du New York Times: quand vous êtes-vous rendu compte pour la première fois que vous étiez un génie en mathématiques?

— Eh bien voilà! à l'âge de quatre ans, j'ai lu plusieurs travaux traitant de la théorie de la relativité et j'ai tout compris.

— Vos parents ont dû être surpris!

— Non, pas vraiment. Cela faisait un bon moment déjà que je lisais couramment l'allemand.

— Je suis Pierre Dupont du journal Le Monde. Quelle difficulté pensez-vous solutionner cette semaine, Maître?

— Eh bien voilà! je viens de résoudre la question de la couche d'ozone et de ses perforations, presque tous les problèmes mondiaux sont résolus, je crois donc que je peux essayer maintenant de savoir comment on met le caramel dans la Caramilk.

— Vianney Théberge du Courrier de Saint-Hyacinthe. Quand allez-vous enfin attaquer la problématique du cancer?

— Ah! mais j'espère bien qu'on ne trouvera jamais de remède au cancer. Ce fléau est nécessaire pour rétablir l'équilibre. Il faut que les faibles soient éliminés pour ne pas tarir l'espèce.

— Mais vos propos sont si cruels!

— Les chiffres ne pleurent jamais, Monsieur.

— Robert! Robert! Réveille! As-tu fini ton examen?

— Eh!... je crois, M'sieur.

— La cloche de la récréation a sonné, va dehors te dégourdir.

C'est difficile, l'école. Dès que l'on commence à se concentrer, les profs nous envoient sécher dehors. Heureusement, l'examen était facile, ou alors j'ai rien compris. Il n'y avait pourtant rien de sorcier. Si A égale 4 et si B est sa moitié, C n'a qu'à se mêler de ses affaires. Mais si B égale 2, pourquoi vient-il après A? Ou alors, A est un 1 déguisé en 4, parce que les 4 font plus sérieux que les 1. Pour se mettre en valeur, les 2 devraient se regrouper entre leurs pairs. Pendant ce temps, les vrais 4 n'auraient qu'à se déshabiller pour faire des 1. Ainsi, tout ça signifie par exemple: $3+1=7$ et $6-4=5$. J'ai sûrement raison. De plus, le 8 avait une allure étrange; lorsque D l'a mis au carré, il a dû se sentir diminué.

Les chiffres me semblent être de drôles de bestioles. Plus ils se divisent, plus ils se multiplient et si on essaie de les additionner, ils veulent se soustraire. J'ai de la chance de connaître mes maths sur le bout du doigt.

Rassasié de bonnes réflexions, je vais rejoindre les autres élèves libérés sur le bitume. La cour de l'école se divise comme la bibliothèque. Les livres situés à la portée de la main appartiennent à la catégorie «bébé». Au contraire, les plus difficiles d'accès sont presque interdits, parce qu'ils sont vulgaires ou violents. D'ailleurs, les profs ont toujours un œil sur cette catégorie. Il en faut pour tous les goûts.

Dans la section à éviter, près du bureau du directeur: les ouvrages documentaires. Ces quelques livres causent si sérieusement qu'ils ne se rendent pas compte du danger qui les menace. De toute façon, on s'en occupe seulement si c'est vraiment obligé. Sous les arbres se réunissent les romans, surtout des filles, des pages et des pages, toujours les mêmes lettres, mais placées autrement.

Les plus populaires, les plus nombreux, ceux qui occupent une bonne partie du terrain jusqu'à la rue: les albums de bandes dessinées. Beaucoup de couleurs, d'actions, d'aventures, mais les dialogues sont plutôt minces et on en a vite fait le tour. Il est difficile de passer un bon moment avec un seul album; il faut les prendre en série.

Je comprends pourquoi je néglige souvent la récréation: je ne me livre pas facilement, je préfère garder mes pages blanches jusqu'au jour où... ???

À peine ai-je franchi le seuil de la porte, voilà que j'aperçois dans le ciel un vaisseau spatial venu directement de la planète INVO via le satellite INXS. Tous les élèves se dispersent dans la cour, comme la graisse sur l'eau de vaisselle quand on y met une goutte de savon Joy.

Du centre de l'engin, un cylindre en aluminium poli rejoint lentement le sol. PCHIIIT! Une ouverture vient de se faire. Quelqu'un a déchiré son pantalon. Une silhouette anthropoïde toute menue avec une grosse tête chauve et lustrée se dirige vers moi. La peur me paralyse. Sans que des lèvres s'animent — d'ailleurs je ne les trouve pas —, j'entends une voix me dire:

— Nous t'avons choisi pour tes dispositions exceptionnelles. Nous sommes disposés à t'aider. Nous te donnerons des pouvoirs, des «super pouvoirs». Tu pourras désormais gagner tous les concours, réussir tous les examens, tu ne seras plus jamais malade et tu n'auras plus de carie. Nous sommes même prêts à effacer toute trace d'acné pour les cent prochaines années.

À genoux, je remercie mon bienfaiteur:

— Oui, oui, faites de moi ce que vous avez dit. Je reconnais bien là votre ô suprême intelligence.

— Bon, que cela soit.

— Maintenant qu'on est copains, racontez-moi: comment c'est chez vous?

— Loin.

— Ah! comme c'est intéressant. Et quel temps fait-il? Est-ce que les jeunes vont à l'école, ou prennent-ils des pilules de connaissance? Avez-vous l'électricité ou si vous allumez par la pensée? Quelle est votre émission préférée? Connaissez-vous Mitsou, le hockey, le pain brun, une histoire drôle?...

— Trop de questions, nous n'avons pas le temps, je te laisserai mon adresse. Pour le moment, avant de te perfectionner, il y a une toute petite condition, un minuscule petit rien. Pour repartir vers notre planète, nous avons besoin de combustible. Le moteur de notre appareil est du type «humaniesel». Nous devons donc l'alimenter avec des *Homo sapiens*. Nous attendons ton choix de douze personnes afin de faire le plein.

Tout de suite, je songe au directeur, mais peut-être que ça ferait de la peine à sa mère. Il faut pourtant trouver une solution avant qu'ils ne décident de se servir de moi en guise d'essence sans plomb dans la tête.

— Dites, ça vous dirait de prendre des vacances ici? En Gaspésie, on a un grand rocher avec un trou dedans. Amusant, non?

— Je connais. C'est moi qui l'ai fait lors de ma première visite sur votre planète: erreur de pilotage.

C'est alors que trois autres «extraterribles», accoutrés d'une espèce de collant-salopette intergalactique, s'avancent vers un groupe d'élèves. Sans manières ni délicatesse, ils extirpent de l'amoncellement Suzie, la belle Suzie. Il est difficile de ne pas la voir, avec ses beaux cheveux roux, ses yeux verts, son chandail jaune fluo, son pantalon bleu poudre, ses bas rouges et ses chaussures mauves à fleurs blanches. Comment ne pas s'attarder sur cet arc-en-ciel vivant?

Donc, les envahisseurs de la voie lactée mènent Suzie jusqu'à moi. Inquiète, elle me regarde et touche mon bras de sa petite main aussi sensible qu'un roseau naissant.

— Robert... Robert...

— Quoi? Suzie?

— Les cours reprennent, Robert. À quoi penses-tu?

— Ehhh,... je crois que je pensais à l'examen de demain.

— Mais avant demain, il y a aujourd'hui, Bobby!

Suzie s'achemine dans le corridor avec les autres proies qui vont se faire bouffer par les maths, la chimie, la grand-mère française, etc. Au fond de mon cœur, je ressens une pulsation de vie, j'entends l'écho de sa voix: Bobbyyyyyy.....

— Elle m'a appelé «Bobby»!

— Quoi? Qu'est-ce que tu dis?

— Non, rien, je me parlais.

— Ah! bon.

À partir de maintenant, ma vie ne sera plus jamais la même. Un tournant majeur vient de s'effectuer. J'errais dans la plaine de l'inconnu, titubant dans la solitude qui engluait mes pas. Des nuées de grisaille se jetaient sur mes frêles épaules et m'accablaient de tristesse. Puis les nuages s'ouvrirent et une harmonie céleste surgit du néant:

Suzie m'a appelé «Bobby».

Sur la peau d'une rivière rose, une barque glisse, sous les doigts élancés de saules émus. L'embarcation se laisse emporter, tout comme moi qui ai cessé de ramer. Sur le dos, allongé, je me laisse allègrement chatouiller par une mince feuille tenue par la main menue de Suzie. Guili-guili sur le nez, guili-guili sur le front, guili-guili sur les joues, guili-guili sur le menton. Le bleu du ciel nous passe dix pieds par-dessus la tête.

Il y a dans l'atmosphère cette dimension de l'irréel qui nous rapproche de l'extase. Près de nous, sur la rive, deux tortues se regardent en souriant. Plus loin, un petit lapin repose paisiblement dans la fourrure d'un renard endormi et tout le monde, il est beau, tout le monde, il est gentil.

Un joli petit papillon se pose sur la dense chevelure de Suzie. Les yeux de cette déesse brillent de l'éclat de mille diamants, pareils à ses dents, plombages inclus. Derrière le doux gazouillis de mésanges, on entend la musique orchestrée par chacune des gouttelettes qui tombent et dégringolent dans les chutes du Niagara... précisément là où la barque nous conduit. Fatalité, quand tu nous tiens. Ce que le destin peut être cruel parfois! On ne peut jamais lui faire confiance. Toutefois, gardons espoir, on ne sait jamais, ça peut servir.

Je m'attelle à mes rames et fonce à contre-courant. Ce dernier ne l'apprécie guère et m'arrache mes deux avirons. Heureusement, Suzie s'est endormie, bercée de bonheur. Elle ne peut pas voir toutes les grimaces que je fais pour essayer de penser à une solution rapide. Enfin, brillamment, je dois le dire, je m'agrippe à une branche, m'y hisse, en prenant soin d'étendre un pied pour accrocher le bout de la chaloupe ainsi retenue.

CRIC! CRAC! CROC! et PLOUF! La branche a cédé. Je nage dans l'absurde en regardant ma bien-aimée dériver vers un horizon trop rapproché.

Mais il y a plus important encore. La cloche a sonné et je suis toujours au milieu de ce satané corridor. Une fois de plus, je serai en retard pour le cours d'éduc.

— Ah! Robert! J't'ai pas entendu. T'es encore en retard.

— Oui, je sais, c'est pas nouveau. Pis toi, qu'est-ce que tu fais là?

— Eh! moi? J'ai besoin de... stimulant avant de faire de gros efforts physiques.

— Quoi, tu prends d'la drogue? Pas toi, André?!

— Ah! c'est pas d'la vraie dope, c'est comme un médicament ou un calmant. Un vrai p'tit Ben Johnson. R'garde-moi pas d'même! J'suis certain que la plupart des gars et des filles que tu connais en prennent sans que tu le saches. Pose-leur la question, tu vas voir.

J'ai entendu dire que des policiers venaient faire une sorte d'enquête, mais j'ai cru que c'était plutôt de la prévention. Jamais j'aurais imaginé que mes propres amis puissent subir ce genre d'esclavage; moi qui refuse de prendre du café par peur de m'intoxiquer.

En entrant dans le gymnase, j'ai l'impression que tout le monde est chauve et court le cent mètres en moins de dix secondes. Même si je suis le dernier à baigner dans la pureté athlé- tique, je vais leur faire la démonstration sportive de la décennie. Le courage et la volonté triompheront une fois de plus des béquilles «piluloïdes».

La détonation du pistolet retentit dans toute la salle. Je m'élance à toute vapeur. Mon cœur bat à un rythme de plus en plus accéléré. Je saute la première haie, puis la deuxième et la troisième. Du même souffle, j'en profite pour faire un saut en longueur qui bat tous les records, puis un saut en hauteur, suivi d'un saut à la perche qu'on m'a lancée en même temps qu'un ballon, avec lequel je marque un but avant de retomber au sol en position de salut à la foule. Huit secondes et huit dixièmes. Et tout ça à reculons. La foule ne peut plus se contenir, les journalistes pleurent d'admiration et même le prof est en émoi:

— Tu peux être fier de toi, mon Robert.

— Oui, je crois que j'ai amélioré ma performance.

— Sûrement, mais la prochaine fois, essaie de marquer dans le but de l'adversaire. C'est un principe de base au handball!

C'est pas facile, la vie, quand on est incompris.

4

TERRE MINUS!
TOUT L'MONDE
DESCEND!

Le matin, avant l'arrivée des élèves, l'école me fait penser à une grosse marmite froide et sans vie. Dès la livraison des premiers ingrédients, ça commence à mijoter. Bientôt, toute la chaudronnée grouille et bouillonne d'activité.

Dans cette cocotte, on retrouve quelques grosses légumes qui dominent les navets, poireaux, concombres et plein de cornichons. Le point d'ébullition atteint, telle une bouilloire qui siffle son surplus d'énergie, le couvercle se soulève pour déverser le flot anarchique, la houle des élèves divaguant et coulant vers les autobus qui les épongent et les aspirent, comme la pluie qui se précipite à travers les trous d'une plaque d'égout.

Je sors souvent au moment où il ne reste que quelques gouttes éparpillées, ici et là, se déversant doucement vers leurs bicyclettes, sauf quelques-unes, toujours à la traîne pour sauter dans les aquariums jaunes, déjà inondés.

Contrairement à l'habitude, presque personne n'est encore monté dans mon autobus. J'ai donc l'embarras du choix de la place idéale qui deviendra le siège de mes rêveries. À l'arrière? Le lieu le plus près de la liberté, autrement dit, le plus loin du chauffeur, et bientôt occupé par ceux qui ont le pouvoir d'en abuser; je n'y serais pas tranquille. À l'avant? Pas question, je le laisse à ceux et celles qui s'ennuient de leur mère. Alors au centre et du côté des fenêtres; de là, j'ai le loisir d'observer le monde extérieur comme sur un écran IMAX.

J'y vois cette dame qui arrose son gazon, habillée d'un imperméable. Monsieur Walter Clausette promène encore son petit chien qui s'arrête à tout ce qui ressemble à un poteau. Pat et Steph se bagarrent dans la ruelle. Est-ce un nouveau combat ou la suite de celui d'hier? Une vieille dame est courbée comme un bonsaï sur son jardin. J'en ai mal au dos pour elle.

Voilà madame Ragot avec sa voisine, le nez étiré au-dessus de la haie qui les sépare. À la voir discuter en gesticulant, on a l'impression qu'elle se croit obligée de mimer ses paroles pour les rendre crédibles. L'action ne manque pas dans ce quartier.

Ici, la pelouse est toujours impeccable, sans un seul pissenlit, les arbres feuillus sont taillés en boule et les conifères, en cône parfait. Même le chien rase la perfection. Tous les jours, il y a une grande voiture blanche dans l'entrée, blanche comme c'est pas permis. Les enfants de cette maison ne courent pas ni ne crient, ils sont très sages et ils ne rient que lorsque c'est nécessaire. C'est la maison du maire.

Un jour, la porte électrique du garage, qui a l'habitude de lui obéir au doigt et à l'œil, s'est refermée sur sa magnifique Continental grise, édition spéciale. Il était très en colère, le maire, autant que lorsque sa piscine a séché en inondant sa cour. Toutefois, le maire a toujours beaucoup de retenue. Il se souvient que ce sont des dons contre des faveurs accordées, comme à l'oratoire Saint-Joseph. Alors c'est la secrétaire qui écope et qui se fait engueuler.

Tiens, une sirène de police. C'est sûrement l'agent Bessette. Je ne le connais pas, mais la plupart des policiers se nomment Bessette ou Bigras. Régulièrement, il passe par ici à toute allure. Ou il essaie de faire peur à quelqu'un, ou il a peur et essaie de s'enfuir.

Au tournant, la police nous a repérés. Notre chauffeur colle sa gomme à mâcher sous sa chaussure pour éviter que son pied glisse sur la pédale et il appuie de tout son poids sur l'accélérateur. C'est ce qu'on appelle mettre toute la gomme. Nous dévalons les rues en montagnes russes de San Francisco comme si nous voulions contourner des tremblements de terre.

Les feux rouges deviennent verts de peur, les pneus creusent l'asphalte. Le lourd véhicule dessine des virages sur deux roues. Les élèves doivent s'entasser du côté inverse pour garder l'équilibre.

Accroché à son volant, le chauffeur emprunte le célèbre pont *Golden Gate*; il le remettra en revenant. Des hélicoptères nous harcèlent et bourdonnent au-dessus de nous. Au bout du chemin, la police municipale, le F.B.I., la C.I.A., la G.R.C. et Hydro-Québec ont érigé un barrage infranchissable. Le pauvre chauffeur n'arrive pas à arracher son dentier incrusté dans le volant. Les rides profondes de son large front laissent échapper un flot incessant de sueurs froides et salées. Il ferme les yeux et arrête son mastodonte. D'un trait, il se lève et vient vers moi.

— J'vais pas plus loin, y faut que tu sortes.

— Pourquoi moi, M'sieur?

— Ben oui, y reste juste toi! Va dormir ailleurs.

J'ai encore oublié de descendre chez moi. Cette fois, je suis au dernier arrêt. Je ne reconnais rien autour de moi. D'ailleurs, il n'y a presque rien. Un petit restaurant, le «Terminus final», quelques maisons, une station-service «ESSO-S» et un ensemble de petits motels «Au diable vert». Je crois que c'est maintenant confirmé et officiel: je me suis également gouré d'autobus.

Je vais voir du côté de la station. Sur la porte, on peut lire: DONNEZ-VOUS LA «PANNE» D'ENTRER. Mais il n'y a personne. Partout, la saleté se colle à la graisse, à l'huile et aux restes accumulés de plusieurs dîners. À part cela, tout semble être à vendre, des cartes routières datant d'Expo 67 aux petits sapins avec odeur de sapin de carton, en passant par les arachides, dont certaines commencent à bouger.

Je me glisse avec adresse dans le garage où une vision «métalictique» s'offre à moi. Une voiture gît là entourée d'un amoncellement de différentes pièces de machines à coudre, de tondeuses, de grille-pain et d'un broyeur de déchets. Le moteur de la sacrifiée est pendu haut et court avec des chaînes solidifiées par une myriade de fils d'araignée. Je jette un œil vers le bureau. Une table et une chaise sous une chaîne de montagnes de revues et des murs recouverts de photos de filles nues. J'ai l'impression qu'elles m'observent. Je referme la porte.

Un filet d'air pur se faufile jusqu'à mes narines frémissantes. Par l'arrière, j'accède à une vue champêtre à faire rêver. Un magnifique champ d'avoine s'étend jusqu'aux frontières américaines, de longs et gracieux nuages glissent à l'horizon. Des abeilles voltigent et hésitent parmi les fleurs sauvages. Le vent doux et chaud se moule sur mes joues; je l'entends caresser la végétation soumise. Et pour terminer le tableau, aux chants d'hirondelles se mêle un profond ronflement guttural dégueulasse.

— Excusez-moi, M'sieur!

— Humm? Qu'esse tu fais là, toi? Ah! pis j'veux pas l'savoir. Marche chez vous tu'suite!

— Justement, comment puis-je me rendre en ville? J'ai oublié de descendre de mon autobus...

— Ça, c'est pas mon problème. Mais toi, tu vas en avoir, des problèmes, parce que ici, on n'aime pas les enfants. SORS DE MON BEAU GARAGE!

58

J'espère que cet illustre citoyen ne pense pas à offrir ses services à l'office du tourisme de la région.

Si je me fie aux mouvements des rideaux derrière les fenêtres, on repère vite les étrangers dans ce pittoresque petit village. Je tente ma chance au restaurant. Sur la porte, on peut lire, cette fois: ENTREZ, ON VOUS MANGERA PAS. Devant une telle invitation, je me présente à la serveuse. D'après son sourire tombant, elle a sûrement beaucoup servi. Je commence à lui raconter mon histoire. Mais pas le temps d'introduire l'avant-propos de mon préambule, elle me laisse sur mon appétit en me servant un...

— Qu'est-ce que tu fais là, toi? Ici, on n'aime pas les enfants!

Je ravale ma salive; je crois que j'ai compris la devise du village. C'est à croire qu'ils sont adultes de naissance. Je ne voudrais pas en faire un plat, mais c'est pas facile à digérer, surtout au moment où mon ventre crie famine.

Je mets peut-être ma vie en péril, mais je risque le tout pour le tout et je vais maintenant vers le motel. Un autre écriteau sur la porte: À VENDRE. Pas très rassurant. À mon entrée, une petite clochette réveille brutalement la dame à la réception.

— Qu'est-ce qui se passe? J't'ai rien fait, moi! Sacre ton camp! me dit la dame.

Elle attrape le téléphone:

— Allô! La police? Vite, y'a un autre vandale dans mon motel. J'pense qu'il veut me voler, pis me tuer, pis après ça, me violer et me dire des gros mots...

— Non, attendez, je veux seulement téléphoner.

Elle me lance aussitôt le combiné, puis l'appareil tout entier et même l'annuaire téléphonique.

— Tiens, d'abord, essaye donc! Y marche même pas, c'maudit téléphone-là. Ça fait quinze ans que je l'ai, pis j'ai pu téléphoner rien que trois ou quatre fois, pis toujours pour demander le réparateur...

Je n'entends pas la suite, je suis déjà ressorti. Faudrait penser à organiser des visites guidées dans ce patelin. Je remarque qu'il n'y a aucun enfant dans les rues, ni aucune trace de jouet et encore moins de terrain de jeu. Brusquement, je sens le resserrement d'une main sur mon épaule. Je sursaute et me retourne. Au bout de la main, il y a quelqu'un, le chauffeur d'autobus, qui me dit en roulant la langue:

— Tiens! t'es pas chez vous, toi?

60

— Non, M'sieur, mais j'aimerais bien savoir comment y aller. Où puis-je téléphoner?

— Le téléphone ne fonctionne pas; un tracteur a fauché le poteau à l'entrée du village. Et ici, il n'y a pas de train, pas d'autobus régulier, aucun taxi non plus. Tu ferais bien de retourner en ville demain matin, avec moi. Tu pourras dormir sur mon divan.

J'hésite, le temps de regarder autour de moi, puis, après mûre réflexion:

— De toute façon, je pense que je n'ai pas le choix. Merci, M'sieur.

— Attention, tiens-toi tranquille. Ici, les gens sont... disons... particuliers.

— Oui, je sais: «ici, on n'aime pas les enfants».

— T'as tout compris. Au début, il y en avait, mais au bout de dix-sept ou dix-huit ans, ils ont tous disparu.

— Vous semblez faire bande à part. Vous n'êtes pas d'ici?

— Non, évidemment. D'ailleurs, personne n'est né ici.

J'apprends que mon interlocuteur se nomme Richar Charri. Il habite une petite maison toute simple, très peu meublée. Pas de chien, pas de chat, ni de tortue. Le seul élément décoratif sur le mur est un calendrier de l'année dernière.

Monsieur Charri n'est pas très bavard. Il paraît démuni devant l'adolescent que je suis. Après tout, il a l'habitude de nous transporter, pas de nous faire la conversation.

5

DÉCEMBRE 1992

DIMANCHE	LUNDI	MARDI	MERCREDI	JEUDI	VENDREDI	SAMEDI
		1	2	3	4	5
6	7	8	9	10	11	12
13	14	15	16	17	18	19
20	21	22	23	24	ANNULÉ	26
27	28	29	30	31		

COMMENT? VOUS ICI!

Après avoir mangé un restant de spaghetti aux olives et à la mayonnaise, Richar va travailler dans son bureau, un petit local retiré qui sent le renfermé. J'en profite pour sortir mon matériel didactique afin de stimuler mon intellect et, ainsi, faire honneur à mes obligations scolaires. Donc, je vais étudier.

Curieusement, à ma grande surprise et à ma sublime stupéfaction, j'étudie. C'est étonnant, car chaque fois, à ce moment précis, normalement, je m'évade dans une de mes aventures rocambolesques. Mais là, rien. J'étudie, comme si j'étais un gars pareil à tout le monde. C'est décevant et très rapide.

Comme il n'y a pas de télévision ni de jeu de cartes, je vais faire un tour. Soyons prudent. La région est périlleuse, les résidants ne sont pas apprivoisés.

Je remarque le panneau à l'entrée du village:

Bienvenue à Sainte-Piastre.

Population: environ 59 habitants.

De l'autre côté, il est écrit:

Au revoir et à bientôt.

Mince alors! est-ce que ça signifie que le village n'a que l'épaisseur de ce panneau? Le moins qu'on puisse dire, c'est qu'ici, on n'en mène pas large. À l'allure des maisons et des rues, il y a longtemps qu'on a fait le ménage; la poussière fait partie des meubles.

— Bonjour, Madame! Vous ne me connaissez pas, mais c'est pas grave, je ne vous connais pas non plus. Cependant, peut-être connaissez-vous la réputation de notre tout dernier modèle de balayeuse Dubalai?

— Euhh...

— Voilà enfin l'occasion que vous attendiez. Oubliez ce gadget d'aspirateur central, voici la balayeuse régionale, celle qui ramasse la poussière dans tous les coins du pays. Ce magnifique appareil de l'air spatial est doté d'un système électromagnétique lui permettant de gober pièces de monnaie, épingles, clous, clés, vilebrequins, scies et même votre ancienne balayeuse. La Dubalai peut également vous débarrasser de tout liquide tel que l'eau, le lait, le jus de pomme, la bière, et même de votre gros plein de soupe de mari, puisque vous serez tranquille pendant qu'il utilisera cette merveille. À combien évaluez-vous ce bijou, Madame? Hum? Pas 2000$, pas 1800$, pas 1600$, mais seulement 1599,90$ + TVQ + TPS + les assurances + les frais de manutention + le pourboire. Et si vous l'achetez d'ici vingt minutes, vous pourrez recevoir en prime, tout à fait gratuitement, un ensemble complet de beaux chaudrons et de belles casseroles antidérapants, c'est-à-dire que les aliments n'y glissent pas pour rien puisqu'ils adhèrent fermement au fond. Et si vous payez immédiatement, vous aurez en gracieuseté, uniquement en remerciement pour votre confiance, une magnifique coutellerie couleur argent véritable, de même que tout un assortiment de récipients en plastique naturel pour congélateur artificiel. Alors, Madame, vous en voulez combien?

— Bien, voyez-vous, c'est que... je l'ai achetée la semaine dernière, et justement, elle ne fonctionne plus. Peut-être que vous pourriez...

— Ah bon!... Ah!

Eh!...

Au revoir, Madame.

Richar m'a averti qu'on devrait se lever tôt demain matin. Je ferais mieux d'aller me coucher maintenant. Visiblement, ce divan appartient à un chauffeur fauché, mais pour une nuit, ça fera l'affaire.

Je ne sais pas où je l'ai mis, mais je ne trouve pas le sommeil. Je pourrais emprunter celui de Richar, toujours cloîtré dans son bureau; il ne semble pas en avoir besoin. Je me demande ce que peut bien faire un chauffeur d'autobus lorsqu'il n'est pas dans son autobus.

○

Vers minuit, heure fatidique, l'heure où la nuit est au plus noir, un mystérieux visiteur vient frapper à la porte. Son discours est trop audible, Richar lui demande d'être plus discret. Je trouve bizarre que l'inconnu l'ait appelé Blanche-Neige. Comme je n'entends plus la conversation, je me glisse près du bureau, histoire de satisfaire ma curiosité.

L'oreille en ventouse sur la porte, je distingue parfaitement leurs messes basses. À mon grand étonnement, la bouche ouverte et les yeux bien ronds pour mieux entendre, j'apprends que mon hôte est le fournisseur de cocaïne, de marijuana et de coca-cola de l'école. L'autobus assure le transport de la marchandise et la couverture de ce marché d'illusions. Mon chauffeur n'a pas une bonne conduite.

Je retourne sur le divan. Je suis bien placé pour être dans de beaux draps. Je suppose qu'une bonne partie du village s'adonne à ce genre d'activité, ce qui expliquerait pourquoi on n'aime pas les étrangers. Dois-je m'en mêler ou faire le mort, ou plutôt le dormeur? Je tremble comme si je venais de voir sur mon épaule une chenille géante à poils phosphorescents orange, avec huit yeux rouge sang qui louchent, des griffes rétractiles laminées et un sourire dégoûtant qui coulerait sur mon menton.

Après tout, je ne suis pas en mission officielle, et que pourrais-je faire, moi, un pauvre bambin d'à peine treize ans et onze mois et demi? C'est terrible de réaliser que je ne sais plus quoi penser.

Toute la police est en alerte, les médias sont inondés de communiqués de dernière minute, les pompiers restent aux aguets, juchés sur leurs poteaux, les hôpitaux se tiennent prêts, «pansifs», l'armée attend les ordres, comme d'habitude, les scouts et les guides retiennent leur respiration et les Chevaliers de Colomb font des mots croisés. Tout le monde parle du message de ravisseurs:

AVIS AUX INTÉRESSÉS, NOUS AVONS KIDNAPPÉ LE 25 DÉCEMBRE, RIEN DE MOINS. SI VOUS VOULEZ UN NOËL CETTE ANNÉE, FAITES EXACTEMENT CE QU'ON VOUS DIT:

PREMIÈREMENT

* ARRACHEZ LES YEUX DE TOUS LES OURS EN PELUCHE.

DEUXIÈMEMENT

* ENLEVEZ TOUS LES RAISINS DES RAISIN BRAN.

TROISIÈMEMENT

* FAITES-NOUS PARVENIR TOUS LES CHOCOLATS DU MONDE ENTIER (CHOCO-LAT AU LAIT SEULEMENT).

N.B. CI-ANNEXÉ NOTRE ADRESSE.

ADRESSE: 8925, boul. Saint-Laurent, Montréal, (Québec) H2N 1M5

(indiquez «RANÇON» sur l'enveloppe).

La population entière a envie de vomir de dégoût. Qui sont donc ces monstres pas gentils du tout, si sanguinaires, sans-cœur, «sent-mauvais» et qui s'en foutent? Moi, je sais. J'ai eu un bon tuyau; j'ai surpris leurs conversations par la tuyauterie de la salle de bain. J'en déduis qu'ils occupent l'appartement au-dessus, puisque j'habite le sous-sol. Je suis le seul à connaître le secret, je suis le seul qui puisse sauver la planète et sa banlieue. Je DOIS intervenir. Ma volonté aplanira les plus hautes montagnes, les obstacles nourriront mon courage. Je fonce...

J'ouvre la fenêtre, je m'écrase la figure contre la moustiquaire, j'enlève la moustiquaire, je saute à pieds joints dans les ténèbres et je cours en direction de l'inconnu hasard incertain. Comme il n'y a qu'une route, ou je m'éloigne de la ville, ou j'y vais directement.

Le «drogueur» s'est peut-être aperçu de ma fuite maintenant. Je ferais mieux de quitter la route et de continuer en suivant la voie ferrée. La pleine lune guide mes pas et j'avance en avant. La fatigue se fait sentir; il serait temps de changer mes bas. Il est maintenant près d'une heure du matin. Toujours pas d'indice concret ni même d'indication quelconque, sauf ces nuages qui font leur apparition... Des nuages! Bravo! ces nuages sont éclairés par des lumières urbaines. La peur, ça épuise, mais je reprends espoir.

J'arrive près d'un convoi ferroviaire, probablement arrêté à une gare. Je suis sauvé.

— Salut, Robert!

— Comment? Vous ici!

— Mais oui, je t'attendais. T'en as mis du temps.

— Qu'allez-vous faire de moi? Me déchiqueter, me brûler, me piétiner ou me piquer sous les ongles avec des cure-dents en acier trempé?

— Bonnes questions.

Le train se met en branle. Lentement, le rythme de la locomotive s'accélère. Le «drogaleux» a une idée. Il s'empresse d'ouvrir un wagon de marchandises, il me jette dedans et referme la porte. Ou il a eu de la chance, ou j'en ai manqué. Le train va maintenant trop vite pour que je saute et je crois bien que je me dirige vers le Nouveau-Brunswick. Heureusement qu'il a fait beau hier.

Assis sur des caisses de kiwis*, c'est pas le moment de jouer à l'autruche. Sans crier gare, à peine vingt minutes plus loin, le train s'arrête. Il y a peut-être un problème. De toute façon, je m'en fiche totalement. J'en profite pour déguerpir au plus sacrant.

Il est près de deux heures du matin. C'est pas vraiment l'heure où se pointent les voitures, mais me voilà sur la route, à faire du pouce. Quand finalement j'en vois une, je me plante devant elle et je ferme mes yeux assez fort pour souder mes paupières. C'est que je commence à avoir mon voyage de tout ce transport.

Le conducteur accepte de me laisser monter dans sa voiture, mais il a un comportement plutôt inusité. Il n'arrive pas à ouvrir l'œil gauche ni à fermer sa bouche qui bave. Pour le dessert, il renifle continuellement. Je ne mets pas longtemps à m'apercevoir qu'il est en état d'ébriété avancé. Il est presque sur le dos et il rit tout seul. Il commence à comprendre les blagues qu'il a entendues pendant la soirée.

---

* Note additionnelle pour parfaire vos connaissances déjà impressionnantes: Le kiwi, en plus d'être un fruit délicieux originaire de la Nouvelle-Zélande, est un oiseau, appelé également aptéryx, qui ressemble à l'autruche. Ajoutez dix points à votre score si vous le saviez déjà.

6

BONJOUR, LA POLICE!

Comme j'ai eu la vue cachée par mes mains tout le long du trajet, je ne sais pas comment il a fait pour nous ramener à bon port sans couler à pic. J'ai dû descendre rapidement de la voiture: il ne savait plus où on avait bien pu mettre la pédale de frein.

Il ne me reste plus maintenant qu'à aller raconter mon histoire aux autorités policières. Probablement à cause de la fatigue, en entrant dans le poste de police, je regarde un agent et lui dis:

— Bonjour, la police!

— Tu m'as l'air plutôt mal parti, mon gars.

— M'sieur, je voudrais dénoncer un trafiquant de drogue.

— Rien que ça!

— Il a essayé de me kidnapper et de se débarrasser de moi en me jetant dans un train.

— Ah bon! Et il ne t'aurait pas mordu aussi?

— Non! Pourquoi, vous le connaissez?

— Écoute, le flo, moi, j'pense que tu as fait une fugue et que tu cherches un moyen de rentrer honorablement chez toi. Mais ici, on est pas des valises, on se laisse pas fouiller facilement.

— Mais je vous jure!

— Comment t'es revenu, alors? En sous-marin?

— J'ai sauté du train, j'ai fait du pouce et un conducteur complètement soûl m'a ramené jusqu'ici.

— Et un chausson aux pommes avec ça?

— Ah? Je croyais que c'étaient des beignes.

Arrive alors un policier sans uniforme de policier, genre «directeur d'école».

— Vous avez des problèmes, Sergent?

— Encore un jeune fugueur à l'imagination galopante.

— Écoute, petit, appelle tes parents; c'est la meilleure solution.

On dit que les murs ont des oreilles; j'en connais qui sont mûrs pour se les laver. Tant pis, je suis trop fatigué pour insister, je préfère téléphoner à mes parents. Ils sont si distraits qu'ils ne se sont probablement pas rendu compte de mon absence.

— Oui, allô, bonjour, j'écoute!

— P'pa! C'est moi, Robert.

— Robert qui?

— Ton fils, papa, ton seul enfant unique!

— Ah oui! salut, Robert! Alors, ça va comme tu veux?

— Non, il est trois heures du matin, je voudrais dormir.

— Oh! excuse-moi de t'avoir réveillé. Bonne nuit!

— Non, attends, papa, je suis au poste de police.

— Mais qu'est-ce que tu fais là à une heure pareille? Tu vas les déranger.

— C'est déjà fait. Viens me chercher immédiatement.

— Maintenant? Mais je suis en pyjama.

— Mets ta robe de chambre et dans vingt-cinq minutes, tu seras de retour dans ton lit.

— Bon, ça va. À quelle heure doit-on se voir?

— Tout de suite, PÈRE CHÉRI!

— D'accord, je t'attends.

— Nooonnn!!! Papa, passe-moi maman.

— Ta mère? Mais elle n'est pas avec toi?

— Regarde à côté de toi, elle dort; réveille-la.

— Oh!... Mon amour! il y a quelqu'un pour toi «dans» le téléphone.

— Quoi? Allô! Sortez de mon appareil, je viens de l'acheter.

— Je t'en prie, maman, dis à papa de venir me chercher au poste de police; je suis exténué.

— Ton père s'est recouché. Je vais y aller, moi, te chercher. Reste à l'église, j'arrive tout de suite, Roger.

— Roger? Qui est Roger? Maman, c'est moi, Robert!

— Oh! salut, Robert! Alors, ça va comme tu veux?

— Maman, écoute-moi, couche-toi, ferme tes deux yeux et dors bien. Je vais revenir en taxi; je crois que j'ai assez d'argent.

— Parfait, Robert, nous t'attendons pour le souper.

J'aime mes parents, mais j'aimerais bien savoir pourquoi. Un taxi est venu me prendre, il m'a conduit chez moi, j'avais assez d'argent, et il est reparti. Je regarde les deux petites lumières rouges s'éloigner, debout au beau milieu de la rue à trois heures et demie et des poussières. C'est incroyable. Je viens de passer près de trente minutes tout à fait normales. Le destin reprend sa routine; mon aventure est enfin terminée. Heureusement, car mes forces sont sur le point de m'abandonner.

De fins nuages noirs, comme des lames de couteau, transpercent la pleine lune qui se vide aussitôt. Dans la ruelle, près de la maison, une ombre a bougé. Il y a sûrement quelqu'un avec elle. Un frisson me fige sur le ciment du trottoir. Une poubelle est renversée, des cochonneries se répandent partout. Le vent se lève et transporte les odeurs de détritus jusqu'au plus profond de mes fosses nasales. C'est alors qu'apparaît un géant de plus de trois mètres de haut: TréboR, le célèbre fantôme de la momie vampire. Ses bras se tendent, des griffes affilées brillent vers moi. Ses trois globes oculaires lancent un rayon vert, froid et hypnotique. Je suis subjugué.

Il me prend par les oreilles et me soulève d'un trait. J'entends son rire macabre qui perce la nuit et fait tomber les feuilles d'un arbre centenaire. D'un bond, il m'emmène dans son manoir isolé au bout d'une falaise moribonde où se mêlent les émanations de poisson pourri et de poulet frit Kentucky. La créature me projette au fond du grenier. Mes mains glissent dans une morve visqueuse pleine de grumeaux. Des rats s'éloignent en me marchant dans les cheveux. Le remugle m'envahit et se colle à mes vêtements. Une tarentule géante descend du plafond, s'arrête devant mon visage et fouille entre mes dents pour trouver des restes de mon souper qui ne devrait pas tarder à refaire surface.

TréboR ouvre sa grande gueule baveuse et approche ses sept dents de mon visage blêmissant. Et en plus, il a mauvaise haleine. Alors qu'il est tout contre ma chair de poule, une paire de «dentacules» surgit de l'intérieur de sa gorge, comme un tiroir-caisse, et me mord dans le cou. Mes mains tremblotantes se crispent. Sa langue gluante lèche ses lèvres tubéreuses et les feux sauvages qui les entourent.

Soudain, j'ai froid, très froid. Je sens un grouillement sous ma peau. Ici et là, des veines éclatent, des lambeaux de chair se détachent. Ma mâchoire se décroche. J'étouffe. L'être infâme m'entoure de ses horloges «grand-père», réveils «grand-mère», cadrans solaires et montres «brasse-laid».

Tous ces instruments temporels sonnent en même temps autour de moi. J'ai l'impression que dix-huit F-l8 sont entrés par une de mes oreilles pour se promener en zigzag dans tous les recoins de ma tête avant de sortir par l'autre oreille. Je tourne péniblement ma pauvre caboche, ou ce qui en reste, je regarde l'heure qui me regarde aussi... DAMNATION! Je ramasse mes morceaux et mes énergies. Je ne peux pas rester là, je dois me lever à tout prix. Il faut que j'aille à l'école.

C'est le dernier jour, c'est-à-dire l'examen de géographie. J'ai le globe pas vraiment terrestre ce matin. Je ferais bien de ne pas y aller. C'est moins déshonorant de couler par absence que parce que t'es poire. Qu'est-ce que ça change dans ma vie de savoir que le fleuve Saint-Laurent est plein d'eau jusqu'au fond?

Mais qu'est-ce que je dis là, moi? Ma présence est indispensable, primordiale et essentielle; le sort de l'humanité repose sur mes fragiles épaules, entre mes mains chancelantes et sur le bout de mon nez. Et puis il y a Suzie. C'est ma dernière chance de la voir avant septembre prochain. Un plan, il me faut un plan. Je dois trouver un moyen de faire venir la police à l'école et la forcer à fouiller l'autobus de Richar le «drogueulasse». Mais comment?... Oh! je crois que j'ai une idée.

7

DERNIER CHATPITRE

L'humidité alourdit la peur. La blessure à mon genou est plus grave que je ne le croyais. Je ne peux plus courir, mais je dois fuir. J'entre dans un tunnel. La pluie a laissé des flaques d'eau qui m'obligent à marquer mes pas. Épuisé, je m'arrête. Le temps de pointer mon regard vers l'arrière, j'aperçois une ombre menaçante se courbant sur le mur arrondi du tunnel. Je me jette vers la sortie comme un papillon sur le phare d'une voiture. Il faut tout tenter, on ne doit pas mettre la main sur mes informations.

Personne ne doit connaître la recette de sucre à la crème de ma mère. Aucun argument ne saura me convaincre, je les ai tous entendus; le plus commun est:

«Je veux juste y goûter. J'veux jusssse y goûteeeer!»

Je connais la chanson. Une bouchée de sucre ici, une autre là, puis on le passe à ses amis, puis on le vend, on le commercialise, on le fabrique à la chaîne, jusqu'à ce qu'il soit banalisé et offert gratuitement lors d'une promotion de voitures d'occasion.

Tout ça en sacrifiant bêtement l'essentiel: le sourire d'une mère contemplant sa progéniture en pleine délectation du fruit de son labeur, chaleureusement pétri par ses mains meurtries d'avoir si bien vécu. Non, non, non, plutôt mourir que voir le sucre à la crème de ma mère dénaturé par des esprits inconséquents et mal-veillants.

Je lutterai, je ferai face à la fatalité... qui se présente cette fois sous la forme d'un splendide spécimen de doberman. Ses dents scintillent sous la pleine lune. Salivé par son cruel entraînement, il ne bronche pas d'un poil. Nos regards se fixent dans la nuit. Sans trop y penser, je clame d'une voix forte et autoritaire: «COUCHÉ!» Bien dressé, le chien se couche sur place. D'un air perplexe, il me regarde et semble complètement perdu.

Vite, je file maintenant chez le docteur Causa. Lui seul saura me tirer de cette périlleuse mission. Devant chez lui, un lampadaire illumine l'escalier de marbre. À mon passage entre les deux lions blancs de l'entrée, un œil électronique signale ma présence.

— Bonsoir, Docteur.

— Ah! c'est toi! Qu'est-ce qui se passe?

— J'ai besoin de vous, je suis suivi par tous les espions du monde entier. Ils veulent subtiliser la formule S.A.L.C. de ma mère.

— Tu as bien fait de venir me voir, je crois que j'ai la cachette idéale. Viens dans mon bureau.

— AHHA! je m'en doutais. Vous n'êtes pas le véritable docteur Honoris Causa! Premièrement, il ne fait entrer personne dans son bureau, car il a honte du désordre. Deuxièmement, il ne porte jamais cette robe de chambre carreautée; c'est un cadeau et il ne veut pas l'user. Et surtout, le docteur n'habite plus ici depuis une semaine (c'est vrai, je l'ai oublié).

L'imposteur m'attrape le bras et me projette dans le sous-sol. C'était pas dans mon agenda, ça. J'essaie de prendre connaissance des lieux en repérant les sorties.

Une odeur bizarre surprend mon odorat. Des sons curieux inquiètent mes oreilles. J'entends des craquements. Le mur devant moi s'ouvre lentement. Des tubes fluorescents hésitent puis s'allument dans un laboratoire secret. Partout des appareils mystérieux, certains avec des voyants lumineux qui clignotent, d'autres semblables à des instruments de torture. Des liquides colorés font des bulles dans une tuyauterie de verre serpentant à travers la pièce. L'usurpateur descend un petit escalier rudimentaire. Il a revêtu un sarrau carreauté. Il a retiré son masque... Je le reconnais! C'est le frère jumeau du docteur Honoris Causa!

On le croit mort depuis sa disparition dans les forêts du lac Memphrémagog. Il est devenu fou après avoir vu son canari se suicider en se jetant à bas de sa cage, là où l'attendait un chat cyclope appartenant à son voisin boiteux, bossu, fonctionnaire en plus.

Il a erré pendant des années, la nuit, dans les parcs, les gares et les stationnements de centres commerciaux. Certains témoins prétendent l'avoir vu courir derrière des chats, les attraper et les manger tout crus, sur place. C'est peut-être pour cette raison qu'il a vécu successivement à Châteauguay, Chatwinigan, Cap-Chat et dans le Minetsauta. Pour assouvir son instinct vengeur, il a acheté un chatlet en Estrie et a tenté de domestiquer le monstre du lac Memphrémagog. On avait perdu sa trace depuis.

— Que voulez-vous faire de moi?

— Tu vas expérimenter ma nouvelle invention, une machine senchationnelle. Tu vois cette jolie lumière bleue? Il y a des centaines de minuscules rayons lasers qui vont d'abord te chatouiller, puis te chatrcuter et te mettre en chatrpie. Tu vas devenir de la chatrogne bonne pour le chatrnier.

— Chat suffit! Pourquoi un tel châtiment?

— J'ai besoin de la formule S.A.L.C. pour attirer tous les chats du monde dans mon château et pouvoir les châtrer au chatlumeau.

— Mais c'est ridicule! Les chats ne mangent pas de sucre à la crème.

— Oui, je sais. Une bande d'escrocs m'ont promis de me donner, en échange, un plein chatrgement de nourriture Mlle Mew, et eux vont vendre ta recette à un groupe d'extrémistes révolutionnaires, qui vont la vendre à leur tour à des terroristes de Westmount, qui vont la refiler à des espions internationaux, qui vont la louer, avec un profit substantiel, à sœur Angèle.

C'en est trop, je ne peux supporter l'idée de voir la recette de ma mère passer entre les mains de toutes ces personnes; ça fait pas propre. Il ne me reste plus qu'une solution, radicale, définitive

et sans équivoque: il faut détruire la formule...
Goulp! Bon, ça y est, je l'ai avalée.

— Eh!... content de vous avoir revu, Monsieur
Causa. Au revoir!

Plutôt rapide, le déjeuner. Tant pis, j'en
prendrai deux demain. Au moins, mon plan est
en marche maintenant et un coup de téléphone
a suffi. La suite ne devrait pas se faire attendre.

La journée s'annonce bien, dans le style excep-
tionnel: le dernier jour avant les vacances, le
dernier examen et la dernière occasion de voir
Suzie. Qu'est-ce que je vais bien pouvoir lui
raconter? Il ne m'arrive jamais rien, à moi.

Comme prévu, à mon arrivée à l'école, la
police est là avec des artificiers. Ils ont déjà entamé
les recherches dans l'autobus du «droguignol».
Finalement, l'appel à la bombe est plus efficace
que la vérité. En fouillant le véhicule, ils ont découvert beaucoup de drogue et quelques armes
blanches en prime. Les chauffeurs d'autobus
scolaire ont parfois un air d'ahuri, mais là, Richar
Charri les bat tous.

Je respire enfin. Un poids énorme se sous-
trait de mes épaules, mais il en reste encore un
petit: l'examen de géographie. Si ce n'était pour
voir Suzie, je crois que je retournerais me
coucher.

Tout ce branle-bas m'a fait oublier l'heure. Voilà déjà vingt minutes que l'examen est commencé; le prof me fait les gros yeux:

— Encore dans la lune, Robert?

— Oui, M'sieur... eh!... non... ben... peut-être...

Je n'ai pas vraiment entendu la question; mon esprit est ailleurs, totalement perdu, parfaitement anéanti.

Suzie n'est pas là.

Je suis assommé, écrasé, broyé. Je ne peux plus me relever, et pour aller où? Je n'ose pas marcher, je ne sais plus où je vais, je ne vois rien. Je suis entouré d'un profond brouillard, si épais qu'il semble avoir toujours été là. Il fait froid dans le brouillard, un froid de chagrin. Pourquoi circule le sang dans les veines, pourquoi souffle l'air dans les poumons, pourquoi bat le cœur, alors que l'âme n'est plus?

Mille fois j'ai imaginé ce qu'il pouvait y avoir de l'autre côté de ce mur aussi insoumis qu'impalpable: des gens, des centaines de personnes qui parlent et rient, des manèges spectaculaires, de la musique *hard rock*, du chocolat au lait et des fleurs multicolores et même d'autres couleurs qui n'existent pas encore.

Subitement, venu de nulle part, un vent puissant souffle autour de moi. Tout le brouillard s'estompe, vaincu. Pour la première fois, je vois enfin la réalité; mais il n'y a rien, rien que le vide du néant.

Suzie n'est pas là.

Je ne me souviens plus si j'ai répondu à la dernière question. J'ai même oublié s'il y avait une dernière question. Mais je m'en fous, je suis certain d'avoir raté c't'examen. L'autobus ne revient qu'à quatre heures; je vais marcher jusque chez moi, ça va me faire du bien.

Il me semble que je suis peut-être, sans doute, probablement en état de choc, après tout ce que j'ai vécu en moins de vingt-quatre heures. Je vais avoir besoin de tout l'été pour m'en remettre, fins de semaine comprises. Tout ça en espérant revoir Suzie en septembre.

— Salut, Bobby!

— Suzie? Qu'est-ce que tu fais là, t'es pas venue passer l'examen?

— Non, j'ai été exemptée. C'était difficile?

— Ben, plus ou moins. Je ne savais pas que tu habitais dans le coin.

— Eh non! pas vraiment. J'ai entendu parler de l'affaire du chauffeur d'autobus ce matin.

— Oui, beau coup pour la police et bon débarras.

— Drôle d'histoire quand même, ce faux appel à la bombe!

— Y'en arrive-t'y, des affaires!

— Ils sont bizarres, tes parents.

— Oui, plutôt, mais ils sont très gentils et ont confiance en moi. Pourquoi, tu les as vus?

— Oui, hier soir, je suis passée chez toi.

— Chez moi? Pourquoi?

— J'avais loué le film «Les aventuriers du temps perdu» et comme le magnétoscope de mes parents était encore défectueux, j'avais pensé le regarder avec toi.

— Bonne idée, j'adore ce genre de film, justement.

— Tes parents m'ont dit que tu étais parti en classe de neige. Je n'ai pas insisté, mais où étais-tu?

— Suzie, il m'est arrivé quelque chose de «spontaragonflant». Seule une personne qui a une absolue confiance en moi peut le croire.

— Vas-y, Bobby, je t'écoute...

— Eh bien! tout a commencé à la suite d'une légère distraction. Donc, je me suis trompé d'autobus...

ÉPILOGUE

— **L**e docteur Morgan Tylor est demandé à la salle d'accouchement, le docteur Tylor.

Je comprends que les gens hésitent à prendre le train; les salles d'urgence de nos hôpitaux ressemblent à des halls de gare: un va-et-vient continuel pendant que des personnes plus pressées attendent, le regard dans la vacuité, quand ce n'est pas dans le «Télé 7 jours» du voisin.

Les douleurs sont atroces et vont s'accentuant. J'ai dû avaler un poison avarié, «passé date», qui ne fait pas encore son effet. Il me faudrait un sorcier vaudou et un verre d'eau minérale.

— Le docteur Ballard est demandé à la cafétéria, le docteur Ballard.

Voilà le chef de gare qui vient vers moi.

— Alors, petit, est-ce que t'as fait ton admission?

— Mais, Docteur, je ne me sens pas bien!

— Eh oui! comme nous tous. C'est d'abord la file numéro 4 pour la carte soleil, puis la 3 pour tes coordonnées.

— Et pour le diagnostic, c'est quelle file?

— Oh ça! on aura bien le temps.

Après l'agonie numéro 4, le moribond que je suis fait son devoir au numéro 3, puis s'affaisse dans un coin en attendant qu'une voix lointaine l'interpelle. On se croirait au centre d'emploi étudiant.

— Le docteur Welby est demandé à la morgue pour reprendre sa place, le docteur Welby.

Enfin, quelqu'un habillé de blanc daigne se pencher sur mon sort.

— Alors, petit, est-ce que vous avez fait votre admission?

— Encore vous! Vous n'avez rien d'autre à faire, vous pourriez en profiter pour me soigner!

— Ce n'est pas dans mes attributions.

— Mais je meurs!

— Ah! mais non! vous vous êtes trompé, vous pouvez pas faire ça ici! Pour mourir, allez là-bas, au fond du couloir, à la salle «Les feux follets».

— Le docteur Dupare-Brise est demandé en ophtalmologie, le docteur Dupare-Brise.

Non, mais c'est pas vrai! Il faut être malade pour travailler ici. Bon, c'est qui, celui-là, maintenant?

— Alors, petit, est-ce que t'as fait ton admission?

— C'EST BIENTÔT FINI, OUI?!!! Tuez-moi tout de suite, qu'on en finisse!

— Du calme, dis-moi d'où vient la douleur?

— Eh bien voilà! ça commence ici, puis ici et là, ensuite ça va ici, ici, ici et là et encore là et, ça revient au point de départ.

— Beau parcours.

— Qu'allez-vous faire?

— Moi? Rien. Je suis le concierge.

— Ah oui? Vous savez, vous allez avoir une promotion. Votre photo va paraître dans tous les journaux, car vous allez être victime d'un crime crapuleux, épouvantable. Tout le monde va s'apitoyer sur votre sort, mais on ne pourra rien faire pour vous, PARCE QUE VOUS ALLEZ ÊTRE À L'HÔPITAL!

— Qu'est-ce qui se passe ici?

— Je veux voir un vétérinaire!

— Ne soyez pas bête, voyons! Infirmier, emmenez-le à la salle K et donnez-lui des barbituriques.

— Barbe et tunique, toi-même!

— Le docteur Frank Einstein est demandé en chirurgie esthétique, le docteur Einstein.

La salle K est déjà pleine, mais en poussant un peu, je finis par y entrer. Partout, des lamentations, des odeurs de médicaments, des sons biscornus qui donnent des frissons.

— Le docteur Bethune est demandé au stationnement, le docteur Bethune.

○

Voilà plus de trois heures que je suis là, dans cet hôpital, et on ne m'a toujours pas soigné. J'aurais dû prendre un rendez-vous. Je devrais peut-être mourir pour leur donner une leçon, mais ils auraient une si grande honte qu'ils n'oseraient plus me parler.

— Voilà les résultats des analyses, Robert. Tu as une indigestion.

— Quoi, une banale indigestion? Vous n'avez rien de mieux à m'offrir?

— Ton urine est très belle et ton sang circule dans la bonne direction. L'indigestion est le seul malaise disponible. Qu'as-tu mangé à ton dernier repas?

— Un restant de spaghetti aux olives et à la mayonnaise.

— Tu comprends maintenant pourquoi il en restait? Tu peux t'habiller et repartir chez toi.

— Le concierge est demandé à la salle T.

Au moment où j'ai les fesses à l'air, une jolie infirmière entre dans la salle K.

— Bonjour!

— Ohho! vous ne voyez pas là mon meilleur profil.

— J'en ai vu d'autres. Vous avez besoin de quelque chose?

— Je crois que j'ai surtout besoin de réconfort.

Elle met sa main sur mon épaule, me regarde tendrement dans les yeux. Je suis conquis.

— Ne vous inquiétez pas, je suis là maintenant.

— Je vois. Dites-moi, sous quel nom voulez-vous être aimée, belle enfant?

— Je me nomme Suzanne.

— Eh bien! moi, je vous appellerai... samedi soir.

— Le docteur McKoy est demandé au téléphone... E.T. téléphone maison.

Suzie est encore et toujours aussi jolie, je ne le nie pas, bien au contraire; mais on dirait que je le vois moins, ou plutôt que j'ai peu l'occasion d'y penser. Car pour moi, Suzie, c'est surtout une amie, une vraie, patiente et complaisante, qui comprend mes rêveries et qui y participe même.

— Alors c'est ça qu'tu fais quand t'es dans la lune en classe: tu vis des aventures.

— C'est pas si simple, écoute bien. La vie, c'est comme une bouteille vide; il te faut la remplir de tout ce qui te fait plaisir.

— Et lorsqu'elle est pleine?

— Tu profites de ce que tu as mis dedans et tu recommences. Si tu savais tout ce que j'ai pu mettre dans ma bouteille. La plupart des gens se contentent d'y coller une jolie étiquette et de mettre le bouchon définitivement.

— Mais qu'est-ce que tu mets dans ta bouteille?

— Un univers de fantaisies.

Depuis que j'ai initié Suzie à la lune, nous allons de désastres en désastres à travers notre imaginaire qui ne demande qu'à être entretenu. Le parachute de nos folies, pris dans le vent de l'amitié, nous fait monter toujours plus haut, plus près de l'infini. Bref, «on porte pas à terre».

J'ai commencé à mettre par écrit mes épopées excentriques pour le journal de l'école. Les commentaires sont très encourageants, et je crois qu'on se moque de moi mais avec complicité de ma part à présent. Les profs n'apprécient pas encore mes moments lunatiques, sauf le prof de géographie qui est beaucoup plus patient. Il faut dire qu'il a l'habitude; c'est la deuxième fois que je suis dans sa classe.

On a appris que le village de Richar Charri, Sainte-Piastre, capitale du capital, était peuplé de malfrats de toutes sortes. On y a vite découvert les preuves nécessaires pour arrêter presque toute la population.

C'était une agglomération de criminels invétérés. Le restaurant «Terminus final» servait de la nourriture recyclée. Une vieille dame tricotait et vendait des chaussettes de laine, mais seulement des chaussettes gauches. Un drôle de bonhomme produisait de la bière frelatée, à partir de racines d'épinette, et du champagne, en mélangeant du jus de pissenlit avec du Ginger Ale. Depuis deux ans, un autre vendait des pièces de sa propre automobile, et elle roule encore.

Il y avait aussi celui qui volait les poignées de porte de tout un village et qui les revendait à la quincaillerie de ce même village une semaine plus tard. Sa fille volait les œufs d'un poulailler et les revendait aux mêmes poules une semaine plus tard. En harmonie avec la taxe de «bienvenue» pour les nouveaux arrivants, le maire avait instauré une taxe de «bon débarras» pour ceux qui quittaient la région. Finalement, le seul qui n'avait rien à se reprocher dormait toute la journée, parce qu'il était veilleur de nuit... dans un entrepôt de somnifères.

Maintenant qu'il est désert, je retourne dans ce village, à l'occasion, à bicyclette avec Suzie. Il n'a pas beaucoup changé, toujours aussi terne et poussiéreux. Sauf que maintenant, il est très calme, ce qui nous permet d'imaginer en pleine liberté des centaines de milliers de millions d'histoires.

POSTÉPILOGUE

«RÉVÉALITÉ»

Suzie a le cœur solide, mais pas moi. La peau verte et le fond des yeux jaune, je ne suis pas près d'oublier cette croisière autour des îles Luzion. Puisque toutes les toilettes sont occupées, il ne me reste plus que l'immensité océanographique où déverser le trop-plein de mon pauvre estomac. Suzie m'accompagne pour m'aider à tanguer avec équilibre.

Nos premiers pas sur le pont évoquent davantage des enjambées acrobatiques qu'une banale promenade. Emportés par le vent, nous nous cramponnons pour ne pas passer par-dessus bâbord. Accrochée au bateau de sauvetage, Suzie a juste le temps de m'empoigner au collet. Nous nous abritons sous la toile qui recouvre la petite embarcation.

— C'est pire que je ne le croyais, dit Suzie en reprenant son souffle. Nous ferions mieux d'attendre que ce soit plus calme. On aurait dû prendre l'avion pour faire cette croisière.

— Jamais, j'ai une peur maladive des avions.

— Sois pas ridicule, Robert! Comment crois-tu être en ce moment?

— Breukeurgl!!!... etc.

Les vagues font tanguer le navire avec une cruelle lenteur. La tempête continue de progresser; elle est d'une humeur orageuse. Les vents sont si violents qu'ils mériteraient une punition de cinq minutes. Vu de l'œil de la fatalité, le paquebot «La p'tite Annick» semble minuscule au milieu de l'océan déchaîné, tellement petit qu'il n'est pas surprenant de le voir rapidement sombrer au milieu des gémissements et de la panique.

Le cri perçant d'un toucan me fait sursauter. Tout paraît si paisible, presque irréel. Enveloppée d'un léger frisson, doucement, Suzie se réveille:

— Est-ce que c'est terminé?

J'ose un regard à l'extérieur.

— Ça m'en a tout l'air.

Nous débarquons pour nous étirer et nous dépoussiérer. La nuit n'a pas été aussi confortable que le disait le dépliant touristique.

— Oh! regarde, Suzie! C'est joli ici, la plage est superbe.

— Oui, le sable est si blanc, avec partout des coquillages, des crabes, des algues et des débris de bateau.

— ?!!!

— ?!!!

— Des débris de bateau?

— De notre bateau?

Véritable paradis, l'île qui nous a miraculeusement recueillis jouit d'une végétation luxuriante, d'oiseaux enchanteurs, de vagues caressant la rive sous un chaud soleil de rêve. Idéal pour une tapisserie faite au petit point sur le mur derrière la causeuse de madame Chose-Binouche.

L'affolement et l'hystérie ont mis au moins une semaine à se dissiper. Fallait bien manger et dormir. On s'est vite rendu compte, d'ailleurs, qu'à côté de ces deux activités, le reste apparaissait plutôt secondaire.

Quatre mois plus tard, nous commençons à nous y habituer. On s'est construit une jolie petite cabane avec vue sur la mer, au coin des rues Suzie et Robert. Mais cette dernière rue est encore en construction.

Tous les jours, je découvre les nombreux talents de Suzie. Elle a habilement tissé un magnifique filet et réussi à prendre des tas de poissons. Ainsi, on a maintenant un aquarium super, parce qu'on n'a pas le courage de les manger.

On s'est installé une sorte d'aqueduc très élaboré, qui alimente un petit bassin dans lequel sont attachées des grenouilles qui se débattent sans arrêt. Suzie et moi avions toujours rêvé d'avoir un bain tourbillon. On s'y prélasse en buvant du piña colada improvisé.

DRING! DRING!

— Oui, allô!

— Ah! c'est toi, Robert? Ton père et moi sommes très inquiets à ton sujet.

— Mais pourquoi?

— On se demande où tu es, mon garçon. On voudrait te téléphoner.

— Je suis à la maison, maman...

— Ne bouge pas, je t'appelle tout de suite!

— Attends, c'est déjà fait, il me semble. Que veux-tu me dire?

— Eh!... qu'est-ce que tu fais, fiston?

— Tout. Je suis dans la lune avec Suzie.

— Mets-toi un chandail, c'est frais là-bas.

— Oui, d'accord. Et toi, où es-tu, maman?

— Moi? Mais je suis avec ton père.

— Oh! c'est très bien. Et papa, où est-il?

— Il est appuyé sur la cabine téléphonique face à la librairie.

— Pourquoi tu m'appelles? Tu veux m'acheter un livre?

— Non, je ne crois pas. Mais c'est toi qui m'as téléphoné, Robert.

— Comment aurais-je pu deviner où tu te trouvais, maman?

— Moi? Mais je suis avec ton père.

— Je devrais peut-être aller vous chercher.

— Non, pas la peine, aujourd'hui nous avons pris un taxi pour faire les courses. Tôt ou tard, il nous faudra bien le rendre à son propriétaire.

— J'admire ton sens de l'honnêteté, maman.

— Au fait, j'oubliais, merci pour les fleurs.

— Je ne t'ai pourtant pas offert de fleurs!

— T'en fais pas, ça viendra. Au revoir, mon garçon!

— Salut, maman!

—

—

—

—

— Pourquoi tu ne raccroches pas, Robert?

— Je voulais être certain que tu le ferais.

— Ne me fais pas perdre mon temps, fils, je n'ai pas que ça à faire!

— O.K., maman, je raccroche.

— Il est trop tard maintenant. CLIC!

Au sommet d'une colline plane et sans arbre, j'ai formé de grosses lettres pour lancer un appel à l'aide, visibles du haut des airs. Un avion passe à basse altitude, un petit parachute est lâché et dépose une boîte de plastique. À l'intérieur, on peut lire, sur un bout de papier: «AU SECOURS s'écrit toujours avec un S à la fin.»

Tout honteux, je fais un bon feu de bois avec mes lettres. La fumée monte tellement haut qu'un bateau de la garde côtière surgit à toute vitesse. Des hommes habillés de caoutchouc débarquent en courant. En moins de sept minutes, ils éteignent le feu, me disent quelques invectives concernant les dangers des feux de forêt et repartent tout aussi rapidement. Pas facile, la vie de naufragé, de nos jours. Y a toujours quelqu'un qui vient nous importuner.

Le petit drapeau rouge se dresse à la verticale sur ma noix de coco à lettres. J'ai du courrier. Encore de la publicité:

• le rabais sur les bananes semble intéressant, je devrais glisser sur l'occasion;

• le prix des oranges a remonté, je vais avoir besoin d'une échelle pour aller les chercher;

• les dattes prennent de l'avance cette année;

• quant au caviar, il est carrément inaccessible.

On annonce un «super-bingo-monstre» à la salle Timbanque, face au lac Conique. Les activités intellectuelles se faisant rares dans la région, je devrais m'y précipiter.

Cette salle se situe dans une grotte spectaculaire. Le plafond, entièrement couvert de lucioles, donne une ambiance de cathédrale. C'est l'oratoire du bingo. Une bonne centaine d'animaux, assis devant leurs cartes numérotées, attendent patiemment en scrutant les gestes de Suzie, l'organisatrice de l'événement. Le boulier est en marche, le silence s'immobilise.

— B - 12!

Tout le monde dépose un joli caillou sur le numéro.

— O - 67!

Tout le monde dépose un joli caillou sur le numéro.

— N - 38!

Tout le monde dépose un joli caillou sur le numéro.

Après moins de vingt minutes, la grotte retentit d'un percutant... «BBBINGOOO!»

Tout le monde a gagné. Effectivement, toutes les cartes sont identiques. La dernière fois, Suzie avait remarqué que lorsque quelqu'un tentait de proclamer sa victoire, il y avait toujours un voisin plus gros qui le bouffait. Comme la clientèle diminuait rapidement, il fallait trouver une solution.

DRING! DRING!

— Oui, allô!

— Oui, Robert? Je crois que je suis ton père.

— Moi, j'en suis sûr, papa. Qu'est-ce que tu veux?

— Ta mère et moi sommes très inquiets à notre sujet.

— Qu'est-ce qui se passe?

— On va être en retard pour le souper.

— Pourquoi, cette fois?

— C'est qu'on est au restaurant et le service est très lent.

— Je ne serais pas surpris que vous soyez dans un restaurant libre-service.

— Bien sûr, c'est très économique.

— Papa, si vous mangez, vous n'aurez pas besoin de souper ici.

— On en reparlera à la maison, Robert. Je t'appelle d'un téléphone public et cette conversation devrait être privée.

— Bon, ça va, bon appétit.

— J'oubliais, merci pour les cigares.

— Je ne t'ai jamais donné de cigare!

— Tant mieux, Robert, je ne fume pas. Salut! CLIC!

Suzie a fait une découverte en faisant le ménage au fond de la grotte: un bout d'écorce de bouleau caché au milieu d'un amas de pierres. Quelques gribouillis, signes et inscriptions semblent indiquer l'emplacement d'un trésor enfoui dans les profondeurs de l'oubli. Que la quête commence!

Après la difficile escalade des escarpements abrupts d'un pic dressé au centre de l'île, un petit billet inséré dans une fissure entre deux couches calcaires lui fournit cette information:

«S'cusez, c'est pas ici qu'il faut chercher; allez voir le puits sans fond dans le ravin.»

Son périple l'amène ainsi à se battre contre une colonie de fourmis carnassières, à défier un anaconda long de dix mètres et à visiter le nid d'un condor chauve pas très causant. Elle va jusqu'à braver les menaces d'un volcan échaudé qui «soufre» de trop fumer.

Puis elle tourne à gauche après le premier séquoia, fait quarante pas d'unijambiste et c'est là: exactement sous notre maison. Tant pis, elle défait une bonne partie du plancher de bois franc et honnête et creuse de ses mains dans le sous-sol.

Après tant de recherches, elle y est finalement. Suzie dégage un petit coffret de bois de mimosa, fait à la main, avec de beaux motifs de lapins, de moutons, de papillons et quelques escargots roses qui font la ronde en contemplant le ciel et la liberté. Bref, elle ouvre cette quétainerie et trouve une enveloppe où c'est écrit:

«Ne pas ouvrir avant le 8 mai.»

Au bord de l'affolement, elle crie:

— Mais comment faire pour savoir quel jour on est sur une île déserte? C'est pas juste!

Ainsi les journées passent et trépassent, sans regrets ni remords, dominées par le destin qui, lui-même, est écrit dans l'almanach du peuple et Écho-Vedette.

Parfois, le soir, Suzie et moi nous relaxons devant la télévision, une sorte de boîte que Suzie a confectionnée pendant que je fabriquais la sonnette de l'entrée. Mais comme il y a trop d'interférence pour l'antenne de bambou, nous préférons regarder la boîte en imaginant des histoires fantastiques et extraordinaires.

Nous nous racontons que nous sommes assis à l'école, à écouter religieusement le professeur de morale, ou mieux, à faire des travaux de biochimie et d'astrophysique, ou encore mieux, à faire un examen de trigonométrie hyperbolique de 23 pages comptant 7 questions à résoudre en un minimum de 10 lignes chacune. Nous jubilons.

Le professeur se lève et vient vers nous:

— Encore dans la lune, ces deux-là!

Il nous regarde, hésite, puis retourne à son bureau. Les autres élèves nous jettent des regards inquiets.

— Eh! Josée! T'as vu Suzie? Elle a attrapé la maladie de Robert.

— Oui, si c'est pas malheureux, elle qui avait de si bonnes notes!

— Comment, tu sais pas? Au dernier examen, c'est encore elle qui a eu le meilleur résultat. Et devine qui était le deuxième...

J'entends soudain des bruits venant de la cour, près du cabanon de la tondeuse. Suzie se retourne:

— Tiens, de la visite?

— Quelle idée d'arriver à une heure si tardive sans téléphoner!

— Mais on n'a pas le téléphone, Bobby!

— Et alors? Lui, il l'a peut-être.

Des feuilles de palmier séchées craquent sous les pas jusqu'à la porte. Le visiteur étranger et mystérieux actionne la sonnette: «Toc! toc! toc!» Je vais ouvrir: c'est le professeur.

— Quoi, vous, M'sieur?

— Ben oui! vous avez l'air si bien, tous les deux! J'ai pas pu m'empêcher de venir vous rejoindre.

FIN

Cessez de lire; c'est terminé.

rejete

Lithographié au Canada
sur les presses de
Metrolitho inc. – Sherbrooke